歲月贈禮

依然月牙 著

樂律

看細碎時光
開出溫柔的花

THE GIFT OF TIME

詩，不一定在遠方 —— 在尋常裡，邂逅不期而遇的浪漫

以時光為紙，將日常點滴書寫成詩
不經意的美好瞬間，都是歲月贈予的禮物

將平凡熬煮成幸福，永久不散
停下腳步細看生活，處處是明媚風光

目錄

第三輯　如你所願，過好每一天

第四輯　不負歲月，不負初心

第五輯　詩意生活，近在咫尺

目錄

序言　在每一寸光陰裡，尋找良辰美景

秋往深處行。

路邊的欒樹，撐開金黃的斗篷，耀眼如斯。高遠的天空，扯出幾縷白雲，明亮純淨。

才見桂花在枝頭抱團嬉笑，眨眼間，只留一小撮褐色的乾花貼在枝杈。秋來秋去，花開花落，只在瞬間，忍不住想嘆息，卻聞到桂花留下的香，細細地，執著地，空中徘徊。

低頭，微笑。

誰說花落了就是消失，它以另一種方式，散布於空中。

這樣的時節，我想起我的家鄉，楓葉漸次燃燒，蘆葦慢慢蒼茫，稻穀悄然飽滿。田地間的野菊花，滾滾而來。風中，豐收的笑聲，漫溢而去。大豆、高粱、玉米、番薯、芋頭，像攤開的讚美詩，等待農人吟誦。

「愛汝玉山草堂靜，高秋爽氣相鮮新。」我在屋子裡，反覆誦讀杜甫的詩歌。

誰說遠離了就是忘卻，家鄉，以另一種形式，滾燙清晰。

閒暇的時候，出去走走。家門口，直走，左轉，便是一條小巷。從巷口望去，一串串轉動的五彩風車，在屋簷、在樹梢、在河面。有人說，這些風車是小巷的一位老奶奶手工製作的。她收集各式各樣的廣告紙，裁成風車，製成魚燈，折成花朵……她將這些精美的紙藝品懸在窗戶，懸在樹梢，懸在路燈下，還送去附近的醫院，替蒼白的病房注入色彩。

我不認識這位老奶奶，聽到這個故事的那一天，我坐在河邊，風細細吹，河水輕輕晃，五彩的風車，滴溜溜地旋。

天地安靜，陽光閃亮。一些柔軟的繽紛，斑斕閃爍。

我彷彿望見她——那個滿頭銀髮、笑容祥和的老奶奶，坐在庭院裡，腳邊堆滿各色的紙，如同端坐在五彩的祥雲上。

生活哪來那麼多的驚天動地？感動你的，只是日常裡的美好。友人問，轉塘有花海，要去嗎？

去，當然要去的。

一個多小時的車程，收穫了一場驚喜。

清淩淩的水，藍盈盈的天，雪白的石頭，成片的金露梅。風很大，花浪翻湧，起伏不息。或白或粉或紫的金露梅簌簌搖曳。倒扣的星海？打翻的顏料？翻滾的綢緞？窮盡所有的比喻依然無法臨摹。只有親臨，才能感受，那淹沒一般的浩瀚。

坐河邊，聽風，聽水，聽花朵靜靜開。

這樣的吉光片羽，如風中飛舞的蝶。

小琴姐姐說：一個人能耐得住平凡，並能在枯燥中體會到豐富，是需要定力與心智的。生活瑣碎而有條不紊，每一個不經意的縫隙裡都有可能開出喜出望外的花朵，雖然細小，卻動人。

喜歡這樣的文字，細品、慢飲、淺酌，讓每一個詞在心間打轉。耐得住平凡，枯燥中體會豐富。我願意有一雙清澈的眼，一雙靈巧的手，收集溫暖，收集吉祥，收集生動，收集每一寸光陰裡的良辰美景。

角落裡的大蒜悄無聲息間拱出嫩嫩的芽。將它放在瓷盤，添水，晒太陽。看它抽出拇指長的葉，長出銀魚一般的鬚。陽光下，笑意盈盈。

學校辦公桌常常收到不署名的小禮物：一盒餅乾、兩顆巧克力、一個甜甜的大橘子……或者是同事，或者是學生，誰知道呢？有人在默默地關心你。細微的甜，蜻蜓一般，盈盈而落。

感動你的，近在咫尺。呵護你的，就在身邊。

手邊的多肉植物，眼前的紅茶，門前一閃而過的微笑，以及這晴朗的天，黃燦燦的葉，都讓人莫名幸福，莫名快樂。

塔莎奶奶說：我一直都以度假的心情度過每天、每分、每秒。光陰如繡，蔓草生香。

這世間的一切，煙火與日常，繁花與落葉，空靈與禪意，我皆用文字來讚美。點燃月亮，等你來。

三月桃良、四月秀蔓、八月星光、九月草木，每一篇，每一章，皆是愛呀……

第一輯　溫柔以待，細數深情

一部電影裡說到：「曾經你是我的祕密，我怕你知道，又怕你不知道，又怕你知道卻裝作不知道，我不說，你不說，又遠又近。」

三生三世，深情依舊

1.

在紙上寫下「深情」兩字，彷彿看到水波渺渺，看到桃花十里，看到群山綿綿。一個「情」字讓人心動，世間人事，不外乎關於「情」，愛情、親情、友情，沒有「情」哪來人與人之間的牽絆。

「情」若細絲，縱橫交錯，每一個結點，或心動，或不捨，或眷戀，有前世，有今生，還有此時此刻的時光靜好。

「深」呢？從「此」到「彼」，從「表」到「裡」，距離長，長，長。「情」怕「深」，好比「粉紅」變「硃紅」，紅到不能自已，只擔心，星火一碰，便要燃燒起來。

金庸寫過：「慧極必傷，情深不壽。」

可見，過於汪洋的東西，總是不夠綿長的。

但是，也有人說，如果沒體驗過「情不知所起，一往而深」，活那麼長久又有什麼意思呢？

一生，至少該有一次，為了某個人，而忘了自己。這是徐志摩說過的話。

雖然，春短，花落。至少那色彩，真實地觸碰過。

2.

每天兩集的電視劇，讓人緊追不捨。只因男主角把「深情」演繹到神的境界。

為了女主角，男主角願意放棄天下，願意接受雷霆之刑，願意以身試刀。為了能和心上人在一起，他有什麼不願做的呢？

傾其所有，不後悔！

眼如星，眉似墨，無論他在哪，明珠一般，光芒萬丈。不苟言笑，冷淡的他，謎一般看不透。誰又知，他的內心，竟有深情如海洋，起伏千里，驚濤駭浪。

即便是他的妻子，也未必知。

她終究不堪小人陷害，縱身一躍。他毫不猶豫，隨之跳下，卻被救回。

他說，她是幾萬年的生命中唯一的一抹色彩，捨不得忘。

捨不得！唇齒之間吐出這三個字，低低沉沉，有多無奈，就有多苦澀。

捨，即是得，得即是捨。

因為，情到深處——捨不得。

3.

民國是出大師的年代，亦是愛情發生的年代。多少對男女，驚天動地的情愛在民國的土地上，披荊斬棘，煥發神采。

一九三二年，一對男女初次見面，一眼便是羈絆。他一生未娶，與她毗鄰而居。默默陪伴，遠遠觀望，以一顆坦蕩之心，將「愛」在朋友的界限裡輕輕收藏。

一九五五年，她去世了，他嚎啕大哭，寫下輓聯：一身詩意千尋瀑，萬古人間四月天。

多年後的一天，他邀請一幫好友到北京飯店聚餐，大家不知此舉所謂何意。飯吃了一半，他忽然站起來黯然地說，今天是她的生日。此時，他已兩鬢斑白，他的深情卻一點不見老。眾人聽後，感慨萬千，唏噓不已。

一九八四年，年近九旬的他在醫院度過人生的最後時光，有人將一張女子的照片遞給他。幾近虛弱的他忽然來了精神，緊緊地捏住照片，細細端詳，慢慢摩挲。時光紛飛，記憶飄閃，老人沉浸在往事中，思緒萬千。許久，他慢慢地抬起頭來，眼裡含淚，渴求地說：

「給我吧！」

「我所有的話，都應該和她說！」這是他留下的最後一句話，說完，低下頭，安靜地去了。

——我所有的話，都應該和她說。

——但是，不能說。

——不能說，放心裡。

——靜靜地望著她，她幸福，我就好。

——說，或者不說，我的情一直，一直都在。因為，有一種深情叫——不打擾。

4.

年少，讀《紅樓夢》，反反覆覆讀三十二回：

寶玉說：「你放心。」

林黛玉道：「我有什麼不放心的？我不明白這話。你倒說說怎麼放心不放心？」

寶玉問：「你果不明白這話？難道我素日在你身上的心都用錯了？連你的意思若體貼不

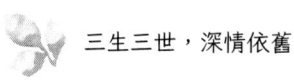

著，就難怪你天天為我生氣了。」

林黛玉道：「我不明白放心不放心的話。」

寶玉嘆：「好妹妹，你別哄我。果然不明白這話，不但我素日之意白用了，且連你素日待我之意也都辜負了。你皆因總是不放心的緣故，才弄了一身病。但凡寬慰些，這病也不得一日重似一日。」

每每讀到這，心如打翻的瓶子，酸、甜、鹹、苦、澀……全部湧上來。只覺得，這男子說出的三個字，有如雷電，又酥，又麻，又疼，又痛，真讓人失落心魂一般，呆愣地，百轉千迴，千迴百轉，萬語千言，千言萬語，不知從哪一處說起。

「你放心，我的心上只有你。」

「你放心，我絕不會負了你。」

「你放心，我只要與你在一起。」

……

黛玉的忽而生氣忽而惱怒，只因不放心。

寶玉把這三個字從肺腑裡掏出來，熱騰騰地遞給她，是承諾，是坦誠，是懂得，是擔當，是誓言，是想讓黛玉一顆敏感脆弱的心，踏踏實實、甜甜蜜蜜地安心。

有人說，比「我愛你」更動聽的三個字便是「你放心」。

果然，一句「你放心」，猜忌、誤會、糾結，紛紛搖落。把「放心」放心裡，氣順了，腳步穩了，笑容爬上臉蛋了。情在這，愛在這，圓滿的未來，亦在這，還有什麼好氣惱的？還有什麼好哭泣的？

沒有，再也沒有了。

只想，也把自己的一顆心亮堂堂地捧出，對著他也說：「你放心！」短短的三個字，勝卻世間誓言萬千。

因為，有一種深情叫——你放心。

5.

在文學網站流連，遇見一女子。

她的文章更新頻繁，每日一篇。她的文章也有趣，每篇寫給一個人，寫著思念，寫著愛戀，寫著憂傷。

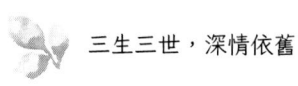

細細讀來，竟也動人。

她暗戀他。只是這愛頗為禁忌。她有夫，他亦有婦。

沒想到，這愛竟是不聽話的，不管不顧，十里春風，浩浩蕩蕩地淹沒而來。她想了許多辦法，阻止思念的鳥，只是，種子一旦遇到泥土，必定要發芽的。不僅發了芽，還長了葉子，攀了藤，開著花。

她活在思念的枝蔓裡，活在遮天蔽日的痛苦裡。

她為他寫情書，一天，一篇，一天，一篇，足足幾百篇。她走著他走過的地方，每一處山，每一處水，彷彿都有他。她聽著他唱過的歌，每一句旋律，每一句歌詞，烙在心裡。聽到他的聲音會心跳如雷；看著他的背影會痴傻著；她甚至見不得一個字，那個字是他的名字……

深情是毒，沾上，戒不掉。她說，愛已穿透，四肢百骸，每一個細胞，都是他，都是他。

明明已經無藥可救，可是他不知道。不知道，不知道。

永遠不知道。

讀著她的文字，禁不住，淚流滿面。因為，有一種深情叫——他不知道。

讓成長順其自然

1.

盛夏，母親洗衣煮飯，打掃庭院。過沒多久，鼻尖滾出鹽粒大小的汗，一顆一顆，密密麻麻。人常說，鼻尖出汗，勞碌命。我看見了，總感到心疼，勸說：「大熱天，媽媽你少做一點家事，看你，滿身大汗，多辛苦。」

母親卻是不在意的，揮一揮手，爽朗地笑，流汗好，人啊，只有在該流汗的時候流汗，身體才健康。

我是不信的，大熱天，揮汗如雨地做家事，這不是自討苦吃嗎？我遺傳母親，一熱，鼻尖會冒汗。鼻尖冒汗，妝就花了，一點也不美。若流一身的汗，更糟糕，黏糊糊，像沾了膠水一樣，說有多難受就有多難受。

以前條件不好，沒冷氣，沒電扇，夏天總是一身又一身的汗。現在呢？家家有冷氣，還怕流汗嗎？

當然是不怕的。將冷氣溫度穩穩地調至二十四度，盛夏成了隔岸的火。多少人躲在清涼的冷氣房過著「四季如春」的生活。

沒想到，多年不流汗的我，體質越來越差。

天天做家事的母親，精氣神竟然比我好很多。

冬冷夏熱，自然界的定律。

現代人運用各式各樣的高科技，活在恆溫的世界，如同「非當季的蔬菜」，終歸是違反自然界的定律的。過度的舒適好比「溫水裡的青蛙」，不知不覺間，消耗了精神，終日倦怠。

讀書，看到一篇文章，赫然寫著夏天流汗有許多好處：排毒、潤膚、減肥、提高免疫力、促進消化、增強記憶力……

嚇出一身汗。

原來，主動流汗是一種自然現象，強過靈丹妙藥。

所謂自然：事物按其內部的規律發展變化，不受外界干預。

而自然之道，包羅萬象，其中一項僅僅是在夏天酣暢淋漓地流一身汗。

2.

年輕的時候，愛出風頭，總喜歡穿漂亮卻不保暖的衣服。才是初春，天寒料峭。卻是等不及地，早早脫了厚外套，脫了毛衣。

一件薄薄的襯衫貼身而穿，婀娜、鮮豔、漂亮。

的確是好看，彷彿把春天穿在身上，一路姹紫嫣紅。

老人們追後面喊：「穿這麼少，會著涼呀。」

轉頭就走，誰聽？任何人都不會聽。年輕的身體，暗伏隱隱的火，冷是什麼？著涼是什麼？青春需要美麗，在動人面前，什麼都得讓道，更何況只是一點點的冷，忍一忍，也就過去了。

有風，凜冽料峭。薄薄的衣服，擋不了，風吹肚皮，透心涼。卻是不管，有多美麗，就有多「凍人」。

好像沒什麼事，照樣走路有風，照樣笑聲朗朗，照樣活蹦亂跳。春天走了又來，來了又走。幾年之後，那個耐寒的我，種下病根，怕風、怕冷、怕冰涼的食物。深秋時節，早早穿起羽絨外套。

那些年欠下的溫度，彷彿高築的債，在往後的日子，一點點還。而，網路時代，年輕人猝死的消息，三不五時出現。

總會心驚膽顫。那麼年輕，那麼有才華，怎麼會？怎麼不會！

長期熬夜、飲食不規律、作息紊亂，「年輕」再有資本，也禁不起日夜不休的揮霍。

三十多歲的副主編，猝死。商店的年輕老闆，猝死。

日夜玩遊戲的網咖少年，猝死。

……

原來，透支與死神僅僅只有，一步之遙。

渴了，要喝水；睏了，去睡覺；餓了，得吃飯……

最簡單的自然之道，有多少人正走在背道而馳的路上？

3.

里約奧運，捧紅了一位運動選手。

她並不是金牌得主，僅僅因為一個採訪影片，迅速竄紅。

人們喜歡她不加掩飾的天真，直接坦率的回答，幽默風趣的金句。而她在社群網站上的聲名大噪，瞬間增加幾百萬的粉絲。

神話一般。

究其原因，大多是因為她在二十歲的年齡，說著二十歲的話，有著二十歲的表情。一個女孩用自身年齡的原本模樣征服了大家。她自然，純真，不做作，不拘束，不呆板。

見慣了戴著面具的笑容，聽慣了精心準備過的回答。她的橫空出世，彷彿一股清流，讓人不禁歡喜。

人問，這樣討人喜歡的女孩，父母是怎麼教育出來的？

我想，她的父母，一定不會過多地「教育」。只會在她的成長中「順其自然」，呵護這份純真的「天然」。

試看當下的獨生子女，彷彿很幸福。那麼多的大人圍著一個孩子轉。又彷彿很痛苦，學完數學，學英語，學完英語，學鋼琴……

他們的成長，父母控制，步步為營，精細到每一分鐘。常常會迷惘，現在的孩子與小時候的我們，誰更幸福？小時候，我在鄉下，天寬地闊，一放學，發了瘋地玩。游泳，溪邊自學的。

……

天地為教室，大自然為書本。糊里糊塗卻也一路平順，也就長大了。而現在的大部分孩子，物質豐盈，學習量卻很大。他們想吃什麼就有什麼，想穿什麼就有什麼，想玩呢，卻不自由！安親班、補習班、才藝班，安排得密密麻麻，彷彿一株正在被精心雕琢的盆栽。

而那位運動選手，一派天真，不受拘束，大大咧咧，如同一棵野生的樹。讓孩子保持孩子原本的模樣，不要揠苗助長，也不要過多規畫。或許，這便是教育的自然之道。

4.

前陣子，社群網站被一名男演員的一份離婚宣告所癱瘓。曾經的恩愛，過眼雲煙。

有人質問，他的前妻獲取富裕安逸的生活，然後又從外遇對象那裡獲取她想要的愛情，還覺得自己委屈，憑什麼？

如果僅僅只是貪戀財富與名氣，這本無可厚非。而，民眾一邊倒的原因是前妻把這場婚姻當成了交易，卻又不甘心遵守交易的規則，暗度陳倉。

如此貪婪，令人生厭。

或許在痛過、欺過、瞞過、離過之後，這名男演員能大徹大悟，迎來自己新的幸福。

關於婚姻，腦海裡一閃而過的竟是教堂裡的宣誓：

「愛她、忠誠於她，無論她貧困、患病或者殘疾，直至死亡。你願意嗎？」

「我願意！」

「愛他、忠誠於他，無論他貧困、患病或者殘疾，直至死亡。你願意嗎？」

「我願意！」

婚姻的自然之道始於一顆真誠的心，如果一開始便是欺騙與交易，哪來的天長地久？

《浮生六記》裡的藝娘與沈復心意相通，讓人覺得最美的婚姻，當如此。

娶妻，娶德，不娶色。嫁人，嫁心，不嫁財。

還是祖先留下的話，怎麼那麼耐人尋味呢？

奶白的月光：劉若英

初識劉若英是因為《澀女郎》。「結婚狂」方小萍在劉若英的扮演下，極致入微，鮮活生動。方小萍說話略微搖頭的方式，笑起來捂住暴牙的樣子，走路稍稍內八的姿態，都深深地留在我的腦海。她的質樸，她的善良，她的真摯，以及對愛情狂熱地追求，為《澀女郎》的電視劇添上最出彩的一筆。

方小萍，澀女郎的靈魂人物，讓我深深喜歡。從此對她的扮演者——劉若英，多了些許的關注。

記憶中的她，是個清淺的女子，白白的膚質，秋水般的雙眸。一笑起來，編貝一樣的牙齒，一朵潔白的梔子花，雅緻芬芳，耐人尋味。

再見劉若英，是很多年前的一場演唱會。她在臺上深情地演繹一首歌曲〈一輩子的孤單〉。臺下很多她的粉絲，大聲地叫著「奶茶，奶茶！」當時，覺得好奇怪，怎會有人的外號是奶茶呢？仔細思考卻又覺得頗為適合，奶茶的溫潤、舒心是劉若英最好的詮釋吧。我沒有去深究奶茶的故事，卻被她的歌聲深深地迷住。

「我想我會一直孤單，這一輩子都這麼孤單，我想我會一直孤單，這樣孤單一輩子……」歌中反覆出現的這幾句，悲涼地揪住我的心。愴然的憂傷在旋律裡淺淺行走，沒有特別動人的嗓音，可她卻演繹了千迴百轉的寂寞與傷感。從此，對劉若英又多了一層了解，原來她不僅會演戲，歌唱得也很不錯。

陸陸續續地聽到關於她的一些消息，知道她很紅，得到很多的獎項。知道喜歡她的粉絲很多，大家都喜歡叫她奶茶，知道她的緋聞很少，幾乎沒有。知道她一直都沒有結婚，知道……卻從不知道，「奶茶」的背後還有一個感人的故事，〈一輩子的孤單〉是在唱她自己的心聲；卻從不知道如此美好的女子，也會為愛痴狂、執著。

張愛玲說：「遇見你，我變得很低很低，一直低到塵埃裡，但我的心是歡喜的，歡喜地在塵埃裡開出了花。」走進劉若英和陳昇的訪談影片，看到的便是這麼一位很低，很低，低到塵埃裡走來的劉若英。她半跪著為自己曾經的師父陳昇虔誠地送出新專輯。她在陳昇拒絕CD後，抑制不住地淚流滿面。她有時說著，說著就大笑；笑著就流淚。她聽陳昇唱〈風箏〉，專注的眼神像瀲灩的秋水，明亮潤澤，聽著聽著，隱隱的淚光卻又泛泛而來。她在他面前無措、緊張；她在他面前卑微、小心；她會因他的一句話而情緒崩潰，她會因他的一個動作而安心微笑，她會因他要遠離的決心而哭喊「我好累！」

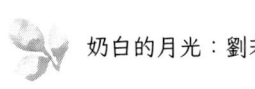

在攝影機前，在這麼多的觀眾面前，因為愛情，劉若英卸下了所有的裝飾，成了一個為情所困、讓人心疼的平凡女子。沒有當紅明星的風光，沒有美麗女子的驕傲，沒有才華橫溢的優越。有的，只是為愛執著的堅持，為愛卑微的苦澀，以及無法挽留的傷心。

這是一個充滿眼淚的訪談節目，劉若英從節目一開始便哭，一直哭到節目結束。

她說，或許我無法和你在一起，但我的心永遠追隨你！

他說，你是有才華的女子，就像風箏，屬於你的天空很高很高，你應該自由飛翔。

她說，風箏的線還在，還在你的手上，只要你拉著那根線，一直找啊，找啊，就會找到我！

他說，奶茶已經跑那麼遠，跑那麼遠，跑那麼遠，風箏掉下來的時候，我接不到了，我接不到了，我接不到了！

她說，我們很久沒見了。我都很少見到他，他不肯見我，也不肯來聽我演唱會，他都不要見我。

他說，你有你的路，我有我的事。我的事情還沒做完。你不會帶動我，你今後要去的任何地方，都不關我的事了。你不會找到我。

……

整個節目在陳昇的〈然而〉裡結束了，美好而哀傷的歌詞觸動所有聽者的心弦：

然而你永遠不會知道
我有多麼的喜歡
有個早晨　我發現你在我身旁
然而你永遠不會知道
我有多麼的悲傷
每個夜晚　再也不能陪伴你
當頭髮已斑白的時候
你是否還依然能牢記我
……

當頭髮已斑白的時候，你是否還依然能牢記我！最後一句歌詞從陳昇深情的演唱裡滑落，我的眼淚也瞬間決堤。

不是不愛，而是深愛，把愛深深地埋在心底。在那一刻，我讀懂了這個睿智而成熟的男人對劉若英的愛。這是大了劉若英十歲之多，已經有妻室的陳昇對深愛之人的一種保護方式。他用自己愛的方式去拒絕劉若英的靠近，質問她為什麼這麼多年依然單身。他用自己愛

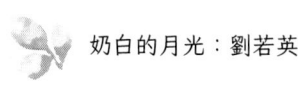

的方式去幫助她，讓她從一個默默無聞的小助理躍升為當紅明星。他用自己愛的方式來趕走她。在劉若英最紅的時候，主動與他解約。他用自己愛的方式在節目裡決絕地告別：唱完這一首，我就離開，你們都不要找我！

再次走進劉若英的〈為愛痴狂〉，聲聲淋漓，句句憂傷，深深淺淺的痛在歌詞裡紛至沓來：想要問你想不想，陪我到地老天荒？想要問問你敢不敢，像你說過那樣愛我？想要問你敢不敢，像我這樣為愛痴狂？

不禁看到一個月白色的女子，一個人的舞步，旋轉、飛揚、等待。她的痴，她的狂，她的情，只為一人。曾經滄海難為水，除卻巫山不是雲，一輩子的孤單，孤單的一輩子，在那女子清淺的笑容裡蒼白綻放。心，有絲絲的疼痛溢位，為她的靜好，為她的清純，為她的深情。

那一刻，淚如雨下。為她，心中的劉若英。

幾年後，聽到劉若英結婚的消息。一個姓鍾的男子，成了她的丈夫。前幾年，又聽到劉若英生子的消息，一個男孩。

至此，她極少在演藝圈出現，卻為她高興，這朵清雅的梔子花終是在俗世裡迎來自己的安好。

她靜靜地開，奶白的月光一般。

那年花開月正圓

我最近追的電視劇終於迎來了大結局。有多少人被男主角熱烈直白、全力以赴的愛所感動？

莫名地，我卻更喜歡沉默深情的男配角。山有木兮木有枝，心悅君兮君不知？

克己復禮的男配角，偷偷地愛著女主角，除了他自己，任何人都不知道。當女主角發誓永遠不會改嫁的時候，他緊緊握住的拳頭攥出了血。

「我的悲傷逆流成河，卻只有我自己知道。」手心裡的血，隱而不發的情，男配角三緘其口，任由洶湧的疼痛在心上橫衝直撞。

有一種愛，又苦又澀，讓人想哭。

有一種情感，不動聲色卻又波瀾萬丈。

在這部長達七十四集的連續劇裡，女主角像水中的月亮存在於男配角的思念與牽掛之中。水中的月亮，那麼遠，那麼近，等到一伸手，碎了，散了，什麼也抓不住。

他讀聖賢書，念「非禮勿視、非禮勿聽」想阻止這份該死的愛。可是，他根本忘不了。

或許，是捨不得。因為，苦痛之中，亦有一絲的甜蜜。那麼，扛著它，窩瓦河上的縴夫一般，沉默地，持續地，心甘情願，日復一日地拉著那艘「暗戀」的船。

……

暗戀是甜蜜的苦役。她是他心底的白月光，沒有盡頭，澎湃洶湧，卻又沉溺其間，苦澀並快樂。

世上最矛盾、最痛苦的是什麼？

是明知不可為，卻忍而不可捨也。忍而不可捨。

絕情谷，小郭襄用了第三根金針，求楊過不要輕生。楊過死意已決，縱身一躍。郭襄毫不猶豫，隨他而去。

葉底藏花一度，夢裡踏雪幾回。宮若梅念念不忘葉問。她說，喜歡一個人又不犯法，她喜歡他，也僅僅止於喜歡。

一部電影裡說到：「曾經你是我的祕密，我怕你知道，又怕你不知道，又怕你知道卻裝作不知道，我不說，你不說，又遠又近。」

……

小時候玩捉迷藏，躲在暗處，憋住呼吸，怕找的人發現，盡其所能藏得深，耳朵卻豎起，眼睛卻盯著，時時刻刻關注尋找那人的一舉一動……

暗戀，竟也有相似的地方。

那點心思，東躲西藏，遮遮掩掩，整個的魂卻附在那人的身上。她笑，他就晴空萬里；她哭，他就大雨滂沱。

只是，捉迷藏，多麼開心的遊戲，而暗戀，有多辛苦就有多悲情。鍋爐裡的炭，看似停止燃燒，誰知白色灰燼之下，紅紅的焰，持續安靜地焚。拿樹枝稍一挑撥，火光四濺了，烈焰灼灼了。如果不去探究，誰能了解灰燼之下的滾燙，讓人生，讓人死，讓人灰飛煙滅。

暗戀，灰燼下的火焰。

明明在她必經的圖書館等了她三小時，她來的時候，卻雲淡風輕問一句，你也在這裡啊。

明明站在走廊偷偷地看他打籃球，卻對偶遇的同學說，今天的天真藍啊。

明明腦海裡下了一萬次的指令去找他，雙腳卻成了一顆規規矩矩的行星，按照既定的軌道，不偏不倚地執行。

……

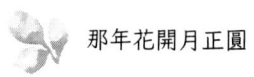

傻呀，真的傻。

明知傻，卻一世深情，無怨無悔。

《紅樓夢》裡的妙玉，身居櫳翠庵，隱士一般高潔的她，欲隱何曾隱？她對寶玉不可言說的情思，在曹公的筆下若隱若現。

才下眉頭，卻上心頭。

明明了卻紅塵，紅塵裡的那塊玉，卻在心裡不斷迴響。她也不想的，但是就是沒辦法。

她會在寶玉生日的時候送上賀卡。她會聽到寶玉某一句話語，紅了臉。

她會用自己平時喝茶的綠玉杯替寶玉斟茶。

……

南有喬木，不可休思。

電影裡，女主角暗戀男主角。

女主角的愛持續、長久、隱晦、苦澀。男主角就像無法抓住的風，他從她的心裡一陣陣吹過，要伸手去抓，卻無法觸及。

男主角變得頹廢，從當紅歌星，成為借酒澆愁的醉漢。

女主角出現了，為他求人、花錢、調兵遣將，送給他一個演唱會。

……

男主角重新煥發自信，召開盛大的演唱會。他在舞臺上光芒四射，女主角卻走了。她對他說，臺下的每一個人都是我。

一名作家說過，暗戀是暗地花開，錦衣夜行，一旦遇著硬邦邦、明晃晃的事實，砰的一聲，就要撞得心碎了無痕。

好一句心碎了無痕。

朋友小雨偷偷地喜歡一個不該喜歡的人。

很長的時間裡，她任由一個人想像的愛戀枝繁葉茂地生長。她像收集郵票一樣，收藏他的任何資訊：他的姓名、他的微笑、他說過的每一句話、他的書籍、他用過的筆、他隨意寫過的紙條……

每一個寂靜的夜晚，她摟著這些片段，循環回放。她認為，默默地看著他，一輩子都不說，也很好。

朋友心疼她，她卻微微地笑，說，人生至少該有一次，因為某一個人而忘了自己，情感的事，沒有值不值，唯有願不願……

陌上人如玉，公子世無雙

還是想寫一寫一部從小說改編的電視劇男主角，又或許我想寫的是他的扮演者——趙又廷。

「如畫的眉眼，漆黑的髮，臨風玉樹，笑起來彷彿三千世界齊放光彩。」這是原著作者對男主角的描述。

當趙又廷的劇照在網路上公布的時候，迎來一片罵聲，觀眾們並不買單，不少人嘲笑他的外型。

甚至，很多人將趙又廷版的男主角，與電影版的男主角比較。大眾一致認為，電影版的男主角更年輕、更帥氣、更具風範。

面對質疑，趙又廷並不介意。他說，一定努力，用心去演。

喜歡他的心態，聽到詆毀，微微一笑。做好該做的事，一絲不差。果然，電視劇才開播不久，收視率一路攀升，當初嘲笑趙又廷不夠帥氣的人紛紛跑到他的社群網站留言，繼而轉身成為他最忠實的粉絲。

網友們說，趙又廷具備「整容一般的演技」。

我想，對一個演員來說，肯定他的演技，是對他最好的讚美。有人採訪趙又廷，怎麼看這個角色。他謙虛地說，很欣賞男主角這個人，唯獨「第一美男」這個稱號，無法擔當。言下之意，趙又廷自己也覺得長得不夠帥。

其實，電視劇裡一身玄衣的他，相當好看！長髮垂腰、鬢若刀裁、頭頂玉冠，一個側臉，堪稱盛世美顏。

長得好，又努力演戲，這樣的趙又廷，怎會不惹人喜歡。

男主角脫去高傲的模樣，初遇女主角，一分無賴、二分天真、三分可愛還有一點點未脫的稚氣，對著她微微一笑的樣子，很傾城。

男主角的人物性格，高傲居多，很容易演成面無表情。趙又廷卻能很好地掌握人物內心變化，利用細微的表情，詮釋波瀾的情感。

比如，看著女主角的時候，眼睛含著情，嘴角微微上揚，暖暖如春風。比如，明明是自己將睡著的她抱上床，又騙她，說是她自己爬上來。說得一本正經，又隱忍著笑意的模樣將觀眾逗到內傷。

這時的他才是真實生動的，有著喜怒哀樂、七情六欲的他，很迷人，很凡人。

而最終讓趙又廷的演技得到肯定的是他的哭戲。

趙又廷自己也在社群網站上戲稱是哭戲最多的「女主角」，更有網友戲稱「泡在水裡的小金蓮」，眼淚說來就來。

他的哭，有層次，先是輕輕落淚，再是失魂魔怔，最後是全盤崩潰。

哭得迷妹們，肝腸寸斷。

隨著劇情的播出，越到後面，收視率越高。有人說，已經有一大票的人，被他俘獲，而且還有更大一票人正在被俘獲的路上。

趙又廷的社群網站，一天之內就多了五十多萬粉絲。從不追星的我，也會為他更新的貼文默默按個讚。只幾秒鐘，留言如潮，按讚數上萬。

有人說，以前很多人羨慕趙又廷娶了知名女星高圓圓，現在，很多人，羨慕高圓圓嫁給趙又廷。

當初，高圓圓與趙又廷戀情公開。

圓圓說，很多朋友聽到我的擇偶條件時，都說我要的老公不在這個世界上，但遇到趙又廷後，他讓我知道我的想像力還不夠豐富。

他說，愛上了高圓圓，就是「一生一世」。

二〇一四年，他們結婚。至今，恩愛如初。

沒有緋聞，沒有出軌，明晃晃的婚戒，任何時候，他都戴在手上。他說，除了圓圓，其他演對手戲的女演員，在他眼裡都是男的。

如此痴情，如此專情。這樣的趙又廷很乾淨。

還有人說，細看趙又廷的人生，就是活生生的電視劇男主角本身。出身名門星二代的他，在父親「趙氏家訓」薰陶之下，成為演藝圈的一股清流，不去夜店，不打麻將，自律規矩，正直如同完美的電視劇男主角。他有禮貌，有涵養，低調，不張揚，甚至連採訪時的客套話也不會說，待人接物彬彬有禮，不虛偽，不油膩。

寫到這，不禁想到拍攝電視劇時的一個小插曲，趙又廷與女主角同房，有一句臺詞——「不要怕，會有點痛」，他打死也說不出口，最後大家都沒辦法再演下去，導演亦無可奈何，只好刪了這句臺詞。

他說，太肉麻，真的說不出口。

或許，這就是趙又廷自身教養之中的高貴與端莊。很多時候，本色出演的他，無形之中傳遞出男主角的氣質，讓人覺得，這就該是趙又廷的樣子——溫潤如玉、君子謙謙。

我想，這是值得粉絲們去喜歡與呵護的。

不知不覺，電視劇五十多集，居然一直追著看完。對於幾乎不看連續劇的我，實屬罕見。

不管是哪個趙又廷，於我而言，是春天裡一場美麗的遇見。

陌上人如玉，公子世無雙。

唯願，名利熙攘的演藝圈，他永遠是那朵乾淨的桃花。

油菜花一樣的真女子

油菜花開了，一朵又一朵。金黃的色，簡單的朵，明媚，閃亮。這不懂矜持的花，開得大大咧咧，開得沒有一絲一毫的架子。說到底，它的骨子裡，有著山鄉的野蠻與凶悍，風吹不倒，雨打不壞。一抹亮眼的色彩，滿溢的春水一般，又熱烈，又執著，又霸道。

鄉下人，很少把它當作花來賞，在他們的眼裡，油菜花和馬鈴薯、芋頭、稻穀並沒有區別。沒品、沒相，登不了大雅之堂，入不了詩，上不了畫。可它並不在意，守著一顆灼灼的心，春風十里地開，開得無邊無際、浩浩蕩蕩、無法無天。

也就想起一名女子——江冬秀，圓滾滾、肉嘟嘟、急性子的她，沒有受過太多教育，卻嫁給到國外留學回來的教授——胡適。村姑和博士？多少人不看好這段婚姻，有多少女子暗地裡覬覦才子的風流倜儻。

強迫來的婚姻，泥糊的牆，風吹，雨落，不甘心的裂縫長出風情的花。

胡適去養病，遇上心愛的人。才子佳人，花好月圓。愛情，落地生根。他，享受著人世間最美好的甘甜，髮妻、兒子，拋諸腦後。

回家，胡適焦躁不安，想與妻子攤牌離婚。

話未說完，他的妻子毫不猶豫地拿著一把刀，以兩個兒子與自己的性命相要挾。他嚇得魂飛魄散，至此，再不敢提離婚兩字。果敢的她，破釜沉舟，捍衛婚姻，終與胡適，白頭到老。

想來，她拿起鋒利刀子的那一刻，是豁出去的。那樣的悲壯、決絕、全力以赴，像極了鄉野的油菜花。

掏出來，擲出去，不遮掩，不委屈，不求全。不是黑，就是白。要開就開得天翻地覆，若凋謝，豁出身家性命，也不怕。

這是油菜花的性情，也是她的氣質。

人都說，她配不上大才子胡適，可是，又有誰知道，她的茁壯、野蠻、勇猛，在風雨飄搖的年代恰恰為家庭撐起了一把無形的傘。

說到底，胖嘟嘟的她有著不一樣的風采，雖然不高貴，可也親切。她有一手好廚藝，管家、理財皆擅長。更何況豪爽的她也有溫柔心。胡適病了，她寫信，一句「想你三四夜，睡不著，我也病了」，讓人怦然心動。

這樣的她，像油菜花一樣，不管處於何種境地，總有辦法將日子經營得風生水起。

她與他，縱不能意趣相投，到底也能吵吵鬧鬧相伴到老。生日之時，胡適為她作一首詩：

她干涉我病裡看書，
常說：「你又不要命了！」
我也惱她干涉我，
常說：「你鬧，我更要病了！」
我們常常這樣吵嘴——
每回吵過就好了。
今天是我們的雙生日，
我們定約，今天不許吵了！
我可忍不住要做一首生日詩，
她喊道：「哼！又做什麼詩了！」
要不是我搶得快，
這首詩早被她撕了。

讀之，忍俊不禁。

婚姻的形式千萬種，誰說，這不是恩愛的一種？油菜花一般，又俗又烈又美……

春風起，油菜花開。

尤三姐站在寧國府，籠住一襲光，叉著腰，跺著腳，吐著酒氣，毫不留情地撕下貴族紳士的假面具。

果敢、潑辣、無畏的尤三姐，以玩弄調戲玩弄，將鋒芒鑄在利劍一般的話語裡，又尖刻又威嚴，讓賈家的公子哥們，赤裸裸現了形。她像一道光，照亮寧國府的腐敗與墮落，又像一塊玉，跌入汙泥，斑駁痕痕。這樣的她卻說，終身大事，一生至一死。等他來了，就嫁給他，若一百年不來，修行去。

她，愛上柳湘蓮，非他不嫁。

柳卻說，寧府，除了門口的兩對石獅子是乾淨的，貓兒、狗兒也是髒的。遂，索回定情鴛鴦劍。

剛烈的尤三姐，拔劍自刎。以死來度化生命的潔淨。滿田油菜花，簌簌搖曳。

我想起她，著大紅襖，穿蔥綠抹胸，兩個墜子打鞦韆一般。她的笑，點亮四面的風。

春分之後是清明，油菜花正當時。定是要尋了去。

看過家鄉的油菜花，不算看過，還要到遠方去看，再看。路人問，哪裡沒有油菜花？偏偏坐飛機去那麼遠？

但笑不語，於我而言，那是隱祕的追溯，對光，對暖，對痛痛快快的生命。

花椰菜攤開，毫無保留，一望到底，簡單的模樣多像主持人——小S。

小S——徐熙娣，有的人喜歡，有的人不喜歡。她世故、草根、爽朗，活得很自我，說話口無遮攔。她的真性情，如一覽無遺的油菜花。分手、戀愛、家暴，所有的事，她都能在節目裡說，毫無忌諱。

不管何種境地，她總是歡天喜地地活著，活在自己的世界，又燦爛又招搖又搖滾。

她說，生命就應該浪費在美好的事情上，用力愛，用力恨，用力地擠壓尖叫。

她的快人快語得罪很多人，卻不怕，一如既往地快意恩仇。得意時，像朵油菜花；失意了，像隻喪氣的落湯雞。但是，她的眼神一直清澈，她的笑容一直在。

蔡康永說，小S很好玩，樂天，有活力，與她相處，很舒服，很值得。

我想，這就是她，油菜花一樣的女子。

痛快地笑，痛快地哭，痛快地悲傷。不受別人左右，做永遠的自己，野生、熱烈、真實、坦蕩。

世上，花朵萬千。蘭花與蓮花固然高雅，小小油菜花卻也讓人敬重。各花入各人的眼。一朵油菜花，將人間喜悅，遍地燃燒。

愛是一切的初衷

娛樂節目中，五個爸爸，五個孩子。

有的爸爸會煮菜，有的爸爸會搭帳篷，有的爸爸會划船，而王爸爸，很明顯是最笨的一個，每項任務都落後於人。他在節目裡笑話百出，手忙腳亂。

第一次，王爸爸拿著一條髮圈費力地與女兒的長髮較勁。如何讓頭髮乖乖地綁到髮圈裡，對這位爸爸來說是世上最大的難題。一次次嘗試，一次次失敗，在王爸爸面前，女兒的頭髮是萬千狡猾的泥鰍，抓住了，溜走，抓住了，又溜走。王爸爸笨手笨腳地嘗試，最終，宣告失敗。

另一天，用麵粉準備一份午餐。王爸爸的「抖麵條」成了經典的「絕招」。但看他，抓住一團黏糊糊的麵團，拚命地抖。場面十分搞笑，麵團與王爸爸的手，不停較勁，怎麼抖也抖不下來，甩了又甩，麵團像有嘴巴一樣，一口咬住，硬是不下去。一位民眾忍不住好奇觀望。王爸爸一邊心虛解釋，下麵條，下麵條，一邊拚命抖動，麵團卻像憤怒的小鳥，死死黏住。電視外的觀眾再也忍不住了，笑聲如爆開的爆米花，團團炸出。

最有趣的莫過於五十塊的故事。

用五百塊買三天的食材。買什麼好呢？王爸爸應該是第一次上菜市場，他也想學學怎麼討價還價。老闆說：「四十塊。」他說：「便宜點，五十塊。」老闆再說：「四十塊。」他再次說：「便宜點，五十塊吧……」

菜販以為遇到外星人，說：「我說四十塊，你殺價五十塊？」

無數隻烏鴉從王爸爸的眼前飛過。天啊。電視機前的觀眾要被活活笑死了。這樣的笨男人，王爸爸的妻子到底是從哪裡找來的？

從此，網友不再叫他的名字，他有了個響亮的外號——「五十塊」。「五十塊」，有個絕招，就是「呵呵呵」傻笑。只要遇到事情，正常來說是不會說話的，只是笑著。從第一集，到最後一集。王爸爸「五十塊」式的笑聲沒停過。「呵呵呵」，「呵呵呵」，他的笑聲，憨厚、自然、綿密，簡簡單單。據說，他的傻笑實在太可愛了，網友們蒐集他的笑聲，製成了手機鈴聲。「五十塊」，再加上「呵呵呵」的傻笑，他成了名副其實的「憨爸爸」。

世上的愛有許多種。憨爸爸，對自己的小公主，傻傻的愛，就是其中的一種。這樣的愛，是洋蔥，一層一層包覆。如果剝開，嗆得淚流滿面。

孩子們去趕羊。

王爸爸幫女兒換了一件長長的裙子，腳上穿一雙粉色運動鞋。鏡頭中的女兒挪動胖胖的小身軀，拖一件長長的裙子，趕著一群羊，看著十分可愛。一團會移動的小肉球，不過裙子卻阻礙了她的靈活，只見她拎著長裙，吃力地爬上一個臺階。

「你難道不知道是去趕羊嗎？你怎麼幫女兒換一件那麼長的裙子？換裙子也就算了，你怎麼又配上一雙運動鞋？」看了電視後的媽媽實在生氣，忍不住責罵王爸爸。

「天氣熱，蚊子多。我怕女兒穿褲子會流汗，於是翻了所有的行李，找了一件最長的裙子，腿蓋住了，蚊子就叮不到了。至於，運動鞋嘛。當然是為了走路方便。」

伶牙俐齒的太太瞬間語塞，原來，憨憨的笨爸爸，也有細膩的一面。

爸爸們去池塘裡抓魚。那些魚和導演爸爸有仇，他到哪，魚就躲開。其他的爸爸們接連釣到魚。岸上的孩子們為自己的爸爸歡呼雀躍。王爸爸十分著急。他不怕自己在鏡頭前丟臉，這一向不是他顧慮的事情。他只擔心女兒會失望。

「來，送你一條。」張爸爸真是善良啊。

王爸爸拿著那條活蹦亂跳的魚對岸上的女兒喊：「爸爸抓到魚了，爸爸抓到魚了。」女兒果然開心的跳起來，大聲地宣布：「是我爸爸抓到的，是我爸爸抓到的！」

有網友批評，不是自己抓的，還炫耀。

我卻感動。只因，他的那一句，我怕女兒覺得自己的爸爸比不上別人的爸爸。堂堂導演，自然不屑於為一條魚撒謊。只是為了愛，為了那個捧在手心裡的小女孩。

最後一次旅行。

因為沒有一次比賽王爸爸能拔得頭籌。所以他女兒從來沒在節目裡住過「豪宅」。最後一次，王爸爸實在太想讓自己的公主在最後一次，住上最好的房子。他在雪地裡拚命奔跑，和他競爭的是練體育出身的世界冠軍。眼看快到終點了，女兒的雪橇卡住了，心急的王爸爸，丟下孩子，朝著房子跑去。

網友的評論，犀利似箭。

晚節不保、沒水準、自私……各種留言蜂擁而至。贏得了房子，失去了網友心中的憨厚形象。

王爸爸會後悔嗎？我想他不會。從第一集開始，他自始至終都把女兒的快樂放在第一位。搶房子，不夠老實，但深究原因，依然感動。

在爸爸的心裡，能讓她住一次「豪宅」，是最大的心願。最後，每位爸爸寫一封信給自己的孩子。

鏡頭裡，女兒一次一次地大聲叫著「爸爸」、「爸爸」、「爸爸」。鏡頭外，王爸爸深情地念著：

有一天爸爸終究會老，你會有你的家庭，你總會有一天離開爸爸，我想我一定會傷心欲絕的，因為我們有太多美好的回憶，所以爸爸今後會多花時間陪你，照顧你，珍惜和你在一起的分分秒秒，爸爸這一輩子最成功，最大的成就就是擁有你……

眼淚瞬間流下，為這個傻爸爸愛的告白，憨憨的，暖暖的，像一首百聽不厭的音樂，深情、纏綿、動人。

她，是他前世的小情人。

疼著，寵著，護著，愛著。他要愛她一輩子！

瓜田裡的守護者

1.

太陽落下來了，那些美麗的光也落下了，像一隻隻塗滿金粉的蝶，在夕陽的田野翻飛。傍晚的風一股一股地吹著，像一團團鼓譟的心事，撩撥著蘇老太太寬大的衣襬。

蘇老太太望著田裡的西瓜，呆呆的，那樣的凝神不動，竟像一棵不會行走的老樹，佝僂著，流露出無法言語的老態。

這個夏天，蘇老太太扳著手指數過來的。每一次日出，月落，老太太就高興地瞇起眼。近了，近了，離甜甜的暑假越來越近了。

甜甜是誰？是蘇老太太的孫女。從小就跟著老太太，像一個小跟屁蟲，黏在老太太身邊。甜甜會笑了，甜甜會說話了，甜甜會走路了。甜甜的每一個變化都像農地裡的一次沉甸甸的收成，那樣豐厚，那樣完滿。老太太年紀大了，可是她一點也不糊塗，她記得甜甜的一點一滴，這些點點滴滴就像夜晚的星星，在甜甜離開鄉下的日子裡，以珍珠的飽滿閃亮在老太太孤獨的邊沿。

在老太太的記憶裡，除了甜甜，還有甜甜最愛吃的西瓜。

於是，從這個春天落下的第一滴雨開始，老太太便開始一顆一顆地埋下西瓜的種子。五十畝的西瓜田，抽出嫩芽，長出綠葉，開出黃花。老太太細心伺候，如同伺候自家的小孩。她希望西瓜快快長大，也希望甜甜快快回來。

眼看著西瓜像一個圓溜溜的胖娃娃，一副快要撐破肚皮的樣子。蘇老太太真開心，她的快樂一如瓜內的瓤，滿是甜滋滋的水。

「老太太，您的西瓜要是再不收成，就要爛在田裡了。」鄰居好心地提醒。

「甜甜快回來了，甜甜快回來了。」老太太答非所問，臉上的褶皺卻蕩起溫柔的紋路。

一通電話，打落了老太太的盼望，那些儲存的希冀像抓不住枝條的木瓜，「撲通」一聲，落入了水中，連水花都不曾濺起，便輕輕地飄走，飄走了。

2.

「兒子，放假了，讓甜甜到鄉下待幾天吧。」蘇老太太的話語滿滿的懇求，軟軟的，輕輕的，似乎一捏，還能捏出滿眼的淚來。

「媽，你不懂，現在的孩子競爭激烈，暑假都忙著上補習班，哪有時間到鄉下玩。」兒子的聲音擲地有聲，像極了天上高高盤旋的老鷹，不給人任何遐想的餘地。

「哦。」蘇老太太的一個「哦」字，無奈地擴大，擴大，在她蒼老的胸腔裡兀自鳴響，一如電話裡嘟嘟迴響的忙線聲。

日子像掐斷根的苗，軟趴趴的。蘇老太太成了瓜田裡的守護者，常常對著一地圓滾滾的大西瓜發呆。站著，站著，就站成一棵佝僂的樹，以一種前傾的姿勢，勾勒暗影下寂寞的線條。

西瓜，甜甜。甜甜，西瓜。老太太沉浸在遙遠的遐想裡。那時甜甜才剛會說話，拿著西瓜啃得忘乎所有，小小的頭差點淹沒在紅紅的瓜瓤裡，嘴巴裡一邊吸著西瓜的汁水，一邊模糊地發音：「甜，甜，甜。」蘇老太太一聽，樂壞了。從此，甜甜成了小名。

甜甜啊，甜甜。蘇老太太想到這不禁笑起來，對著一地的西瓜笑起來，那些甜蜜的日子從一顆顆的西瓜上滾過去，滾過來。彷彿每顆西瓜上都坐著一個甜甜，滿地的甜甜正拿著圓圓的瓜，啃得滿臉滿嘴的汁。

三分鐘熱風，吹走了西瓜上的甜甜。哪裡有歡聲笑語？哪裡有甜甜的身影？只有一隻隻暮歸的小鳥掠著一地的西瓜，吱的一聲，飛遠了。

3.

「媽，甜甜明天去鄉下待幾天，這裡天天四十多度，孩子們都無法學習了。」兒子的電話那麼突然，那些猝不及防的喜悅，像慌亂的小鹿在蘇老太太忙不迭的應答裡噠噠噠地奔跑而來。接了電話的蘇老太太，一下子挺直了腰桿。歡快的小碎步像一首明亮的鋼琴曲。撲通，撲通，是老太太把西瓜置在水裡的聲音。

「奶奶，奶奶！」蘇老太太正忙著把西瓜泡在水裡，甜甜的歡呼聲已經從前門竄進來了。

「哎——」蘇老太太慌張地跑向前門，牢牢地摟住懷裡的小甜甜。

小甜甜？這是小甜甜嗎？小臉蠟黃，手臂小腿細瘦，最重要的是，那明亮的大眼睛上還架著一副眼鏡！

「小孩怎麼變成這樣了！」心疼是不言而喻的，蘇老太太的心裡劈砍出這樣、那樣的痕。

「天氣太熱，市區像失火的天堂，一天趕三個補習班，就中暑了啊。」兒子說得很無奈。

「這麼熱還去什麼補習班？不想孩子好嗎？」蘇老太太難得拉下臉。

「媽，你是老古板，你不懂，就是為了她好，才去補習。」兒子一副對牛彈琴的無奈。

「我是不懂，你當年不是什麼補習班也沒上，還不是照樣考上大學？」老太太「啪」的一聲，切開了西瓜。

「哇，奶奶自己種的西瓜哦！」甜甜的笑，像窗外攀岩而上的絲瓜花，明亮燦爛。……

4.

回到鄉下的甜甜像回到水裡的魚。自由，快樂。

她趴在南瓜花上看螢火蟲擎起小燈籠。她拿著紙風車奔跑在長滿野草的小路。她用掏空的西瓜皮套在頭上當帽子。

蘇老太太是幸福的，有甜甜的日子，處處是歡聲笑語。

她看著甜甜把池塘的小魚用手帕一條條舀上來，用瓦片燉魚湯。她看著甜甜把撒落的種子用細線一顆顆串起來，掛在脖子上當項鍊。

她看著甜甜把菜園的土塊一層一層地挖掘下去，把蚯蚓送給小鴨吃。

……

鄉下的風，沒有市區的熾烈，有著田野的清新。鄉下的天空，沒有市區的灰暗，有著純淨的湛藍。甜甜紅潤了，變胖了。雖然黑了一些，但那樣的活潑，那樣的健康，一如田埂的草，一片青色，迎著夏日的風，烈烈地長。

才一個星期。甜甜像換了個人。大自然成了最好的補習老師，它把清新的空氣、湛藍的天空、田野的芬芳毫無保留地展示。

蘇老太太看著甜甜的目光是快樂的，是滿足的。

5.

「媽，我明天去接甜甜。補習班恢復正常上課了。」兒子的電話又是那麼突然，蘇老太太手中的西瓜一下子滑了下去。

「為什麼？為什麼？」漫天的星斗，一漾一漾，彷彿都是傷心的淚。

「奶奶，奶奶，我不想回去，我要一直和你待在一起。」天邊的月牙搖晃得厲害，瘦削的樣子像顫抖的一塊心。

「甜甜乖，甜甜乖……」蘇老太太像是說給甜甜聽，又像是說給自己聽。

如果那些語文數學的知識是寫在葉片上，寫在花朵裡就好了，那麼，甜甜就可以好好地待在鄉下補習了。懷裡的甜甜已經睡著了，蘇老太太被自己的臆想嚇了一跳。

甜甜還是走了。

蘇老太太哭了，天上的太陽，地上的西瓜都哭了……

懸在窗戶的幸福

老社區，舊房子，陡峭的樓梯。

唯一優點，靠南的窗，有陽光可依賴。晴天的日子，流水一般的光，湧進再滿溢，金色的小腳丫，在窗簾，在書桌，在地板。

暖浮生，慢時光。

倚窗，小坐，發呆。熱氣騰騰的人間喜悅，在窗之側，鱗次櫛比。三月，不動聲色間織就一窗鳥鳴。清脆的啼叫，草葉上的露珠，閃爍的繁星，宛轉動聽。

醒來，且賴一賴。一窗之隔，聽鳥鳴，「啾啾」、「唧唧」、「喳喳」，此起彼伏，讓人想起海邊的浪，細細碎碎的波光跳躍，由遠及近地漸次奔騰，高亢的、清脆的、明麗的，一聲疊一聲，風吹珠簾一般，叮叮噹噹。

輕輕一咳，窸窸窣窣的響亮，塵土一樣，四面散逸而去。開窗，見鳥。灰色、褐色、斑斕色的小鳥，在玉蘭、合歡樹上挪轉騰躍，它們轉動小小的腦袋，翹著長長的尾巴，踱步、跳躍。

拿著一本書，就著鳥鳴，讀些字，倒也有趣。

作家捷羅特寫著：「幸福生長在我們家的爐邊，不宜到人家的庭院摘取。」微笑，沉吟。我有小窗一扇，清響一屋，幸福，觸手可及。

桂樹下，傳來下棋的聲音。是小區的老人們在下棋，沿著窗，越過那叢桂花樹，綠葉底下，一彎小小的廊道。一個簡陋的棚架，一張小小的桌子，便是老人們的棋室。老人們坐著、站著，聚成一堆，慢悠悠地廝殺。兵來將往，馬行象走，或低吟，或頷首，或沉思。人生如棋，棋如人生，反反覆覆地推敲，時而嘆，時而樂，時而悔。而，那棵開花的玉蘭樹，年年復年年，像變魔術一樣掏出白白的花朵。

她說，幸福就是重複。重複地開花，重複地下棋，重複地鳥鳴。經歷一場大病之後，她念叨地只是日常裡的重複。每天能醒來，真好；每天能吃到家裡煮的菜，真好；每天能看到孩子的微笑，真好。所謂幸福，竟是日復一日的重複。

昨日，梳頭。額前的髮，往後梳，幾根白髮赫然出現。女孩看見了，惶惶然。她竟雙目含淚，傷心地說，媽媽不要長白頭髮，趕緊染回去吧。

染髮膏真的能讓白髮再次變黑髮？

小女孩，怎麼可能懂。人生有些事，永遠無法重複。好在，只是小小的頭髮，而已。

站在窗邊，喜歡看來來往往的人。

一個中年人推著板車，高興地走來。車上擺滿美麗的盆栽：月季花、秋海棠、杜鵑花、螃蟹蘭……，挨擠著，花紅、花白、花粉，看得眼睛泛起團團漣漪。他是富足的吧，竟有一板車的春天可以兜售，甚而湧起一絲嫉妒，恨不能將整車的花草搬回家。

他呢？守著一車的花，微微地笑。有人過來，大聲地吆喝：賣花囉！又好看又便宜的花！沒人過來，擺一擺盆，澆一澆水，自得其樂。

做一個平凡的普通人，也是幸福的一種。如他，種花、養花、賣花，與花草糾纏，自帶清香，喜樂恬靜。

買或不買，他一律笑呵呵。

我遠遠地望著，看不清他的面容，卻無端地覺得動容，為這俗世裡，每一個認真生活的生命。這生動無關學識，無關財富，無關名利，只是日常裡淘洗出來的平凡喜悅，又晶瑩、又明亮。

賣花的車子旁邊，是賣菜的攤販。

菠菜、蘿蔔、茭白筍、扁豆，像當季的蔬果油畫一樣，看了賞心悅目。一對老夫婦一起來買菜，一個提菜籃，一個挑菜。她蹲著，他站著。她說這個好，他說那個也不錯。她起身，一個踉蹌，他伸手，攬住，溫柔一笑。

原來，他的目光，一直盯著她。每分每秒，沒有一刻疏忽。傻傻地看，呆愣著。

細節裡的感動，流水一般，淹沒而來。所謂愛情，不在甜美的誓言，不在轟動的表白，在細水長流的日常裡。

菜攤的對面，零零散散擺著生活用品。只是一些廉價的小東西，繡著牡丹花的鞋底，藍底白花的圍裙，五顏六色的袖套。每一件物品，關乎日常，很民間，很俗氣，很生活。

買花、買菜、買圍裙，你煮飯，我洗碗，一起虛度光陰，一起度過柴米油鹽的歲月。

誰能說，這不是幸福？

小小窗戶，人生百態。生活的畫面。

窗臺靠著窗臺。左邊的鄰居，搬來四五年，從不見人。窗臺的植物不停地換，有時是一盆鬱金香，像一盞燈；有時是一盆玫瑰花，像一團絨球；有時什麼也不是，只是一盆地瓜藤，綠意洶湧。

我也就猜到這戶人家的喜好。愛戀植物的人，必定有一顆祥和的心。

右邊的人家，窗臺靠著窗臺。倒是常常見到，有時晒著一塊塊的蘿蔔乾，有時鋪排紅豔的辣椒。

她晒的是幸福吧。一桌的活色生香，彷彿望得見。晚，窗外春風蕩漾，琴聲悠揚。嘩啦啦，叮咚咚，月光一般，清泉一般。

忽然一個年輕的聲音扯開嗓子在樓下，中氣十足喊：豔紅，我愛你。豔紅，我愛你。那聲音，又熱烈，又直白，又那麼的不知道害羞。

卻覺得好！

趁年輕，將愛，痛快地喊出來，撕心裂肺的搖滾一般，聽得人，心裡一扯，一扯。

不知哪個窗戶的女子，如此幸福，如此甜蜜？敞開窗，將幸福請進來。

你裁剪春風，我嗅著花香，她呢？捧著滿滿的愛。

只因，幸福原本的模樣只不過是：伴窗外兩三點星光，看月光在合歡樹下織網，聽風在花朵上漫步，呼喚親愛的他，餐桌前吃晚飯。

……

陌上花開，可緩緩歸矣

三月才剛開始，空氣中，芬芳蕩漾。

陽光是盛裝的仙女，金色的紗巾，金色的流蘇，金色的腳鈴，所到之處，流光溢彩。從驚蟄中醒來的春天，睜開顫顫的睫毛。

萬物生長，草木萌芽。大氣不敢出，唯恐一口氣，吹化了這美好的時光。屏息凝視，提鞋噤聲。數著光陰，小心翼翼，且願，慢一點，再慢一點。

陌上花開，蝴蝶飛。

高的是油菜花，從長方形的梯田裡漫溢而出，漲潮的春溪一般，嘩啦啦地歡欣跳躍。那麼黃，是不是打翻了梵谷（Van Gogh）的顏料盒？怎麼會如此濃郁。金戈鐵馬的燦爛，逼迫得人睜不開眼，多看幾眼，心跳加速，手心流汗，四肢發軟。這要命的油菜花，又野蠻，又熱烈，又急躁，不由分說將你撲倒，侵略你的眼，淹沒你的心。

沉溺，發呆，靠著油菜花，醉生夢死，也是心甘情願的。

矮的是阿拉伯婆婆納。細碎的小藍花，像灑落的米粒一般，貼著地面，幾乎看不清。卻也無懼，掙扎出藍色小花，細眉細眼，細聲細氣，讓人無來由地心疼。

俯身，慢嗅。星星點點的藍，彷彿情人之間的呢喃。此刻，朝著你的手，你的腳，晃漾不停。慢慢地看去，每一朵阿拉伯婆婆納，擎著水汪汪的情書，對著你，深情款款地笑。

紫雲英也開了。啤酒蓋一般的花朵，或高，或低，起伏不止，好像剛打開的香檳，止不住的泡沫，珍珠一般，急慌慌地噴湧而出，滿田打滾。一地的紫花泛著淡淡的白，將春天的詩歌散布，蜜蜂、蝴蝶、小鳥，爭相趕來，朗朗誦讀。

紫花地丁，喜歡躲藏。道路旁，石頭牆，縫隙處，舉著紫色的酒盅，將春天的風一一斟滿。頗為寂寞，甚至孤獨。這避世的小花，隱士一般。小孩卻喜歡摳牆縫，捉住一大把的紫花，擰下它細細的莖，用大拇指捏著，用它尖尖的花蒂，打勾勾。

她說，你看，我把你的花勾住啦。她的聲音融入春鳥的啼叫，在我的心上開出清脆萬千。一抬眼，陽光朵朵，閃過我的眼，落在她的臉上，綻開無邪一朵，天真一捧，可愛一簇。孩童的笑，鑲上了金黃的邊，讓人想起月亮。

外公、外婆，站在三月的陽光裡，一個剪韭菜，一個剝豌豆。一問一答，一問一答，緩慢生活，認真相愛。灶裡的柴，鍋中的米，空中的香，無比生動，無比迷人。

願得一人心，白首不相離。

年輕的女子，滿面淺淺春色，渾身處處春香。年輕的男子，一壺淡淡春酒，幾句緩緩春曲。

青青子衿，悠悠我心。

窈窕淑女，寤寐求之。

空氣裡，滿布戀愛的味道，一分甜，二分羞，三分澀。欲說還休，那些心跳的字眼都到嘴邊了，卻如挪不出窩的鳥，躲躲閃閃。眼神卻出賣了，四處出擊，四處碰撞，心思如雪，遇到的那一刻，只聽得「嘶」的一聲，融化了。

和羞走，倚門回首，卻把青梅嗅。

春意湯湯，在心，在眉，在眼，在兩顆情意相投的心裡。

且效仿《浮生六記》藝娘與沈復的花好月圓：「買繞屋菜園十畝，植瓜蔬，君畫我繡，布衣菜飯，可樂終身。」

你買菜，我提籃；你掌勺，我洗碗。願無歲月可回首，且以深情共白頭。如此，便好！

偶然到了一間民宿，年輕的老闆、老闆娘，辭去都市高薪之職，在郊區打理這間小民宿。種植、接待、遊玩，日子簡單，時光舒心。不羨名利，不羨繁華。

夫妻倆，穿布衣，食菜蔬，生下的小孩，大自然裡供養。一家三口，其樂融融，與鄉野的藍天讀書，與門前的小花歌唱，活得自然單純，一如：

門很低，但太陽是明亮的
草在結它的種子
風在搖它的葉子
我們站著，不說話，就十分美好。

不說話，就十分美好。

吳越王錢鏐與夫人戴氏王妃的典故流傳至今。

春天，王妃想念家鄉的父母，回鄉小住。錢鏐出門，望見山水景致，桃欲燃，柳似絳，思念陡然而至，提筆寫一封信，其間，有一句，讓人沉吟：

陌上花開，可緩緩歸矣。

可緩緩歸矣，相思十里，只為你。古人的深情，讓今人嘆息。

是否，也該約上好友二三，走進三月，賞那陌上花開？

一株老桃樹，或梨樹，燒一壺山泉的水，丟一把明前的茶。細品，淺斟，話桑麻。

如此，甚好。

女子當學林徽因

很早就想看這本書——《林徽因傳》。

那時對林徽因不甚了解，只知道世上有女，才貌雙全，她傳奇的一生讓所有讚美的詞黯然失色。

拿到這書，只一眼便喜歡上了。

白淨的底色，翩飛的蝶，字的旁邊列著書名《林徽因傳》。寥寥幾筆，清新淡雅。

斷斷續續，讀完了它。

手心裡握著很多感想，卻像枝枝蔓蔓的藤，纏著，繞著，待提筆梳理，竟找不出其中的頭緒。

不由長嘆一聲：她的一生太過完美，所有的感悟在她的光華之下顯得太過蒼白。恰如，詩句：北方有佳人，傾國又傾城。這傾斜了的心，嘩啦啦一邊倒下，不管不顧地淪陷了，除了羨慕，竟還只剩羨慕。

第一次知道這本書的作者。文筆細膩婉約，唯美的語句落地成詩。她寫林徽因：一直以來覺得林徽因是靜坐雲端之上的女子，她的典雅純美愉悅別人，溫暖自己。她永遠是一杯淡雅的茶，那素淨的芬芳在每個人心中久久地縈繞，無法散去。她讓風流才子徐志摩在康橋上隻影徘徊，失魂落魄；讓建築學家梁思成濃情蜜意呵護一生，至死不渝；更讓學界泰斗金岳霖默默愛了一輩子，終身未娶。

一句、一句拆開來讀，句句如詩，林徽因在字裡行間，雅緻端莊。人物傳記寫得如此詩意唯美，也只有這位作者了。如此文字，配上林徽因，竟如清輝的天，滿滿的月，恰到好處，賞心悅目。

有人說娶妻當娶林徽因。而我要說女子當學林徽因。

她的出身，學不來。她是官宦世家的小姐，傳承儒雅端莊的血統。她的經歷學不來，小小年紀跟隨父親遊學，見識了諸多國家的風土人情。她的愛情更學不來，誰能有她如此幸運，竟讓三個出色的男人對她念念不忘一輩子。

女子當學林徽因。她的清澈、平和每個人都可以學得來。她不像張愛玲，因為愛情把自己變成低到塵埃裡的小花，花謝塵埃，孤單地走完一生；她也不像陸小曼，像一團燃燒的火，為了愛情拋棄丈夫，打掉肚裡的孩子，敢愛敢恨；也不像張幼儀隱忍平和，默默付出，無怨無悔，不求回報。

林徽因如水，如茶。清澈是水的本質，平和是茶的芳香。即使初戀甜美如蜜，當她覺得和徐志摩的愛情如夢飄渺，亦能做到決絕地轉身。那樣理智，那樣平靜，或許也傷，或許也痛，但她就能不動聲色，把風起雲湧，隱忍心中。如常端莊，恰到好處，是她調節自己的著眼點，淡然理智的她永遠知道自己最需要什麼。

世人都說，徐志摩對林徽因念念不忘，讓人唏噓不止；世人也說，梁思成對林徽因的呵護寵愛，讓人羨慕不已。卻又有誰能比得上金嶽霖的痴情專一？一輩子，一份愛，不離不棄。只為付出，不為得到。比鄰而居，默默關懷。這樣的男性知己，是林徽因一生傳奇的厚重一筆。

或許，一輩子能擁有如此知己，亦是因為林徽因對愛情的處理恰到好處。不沉淪，不淹沒，遠遠地看，淡淡地笑，清澈平和才能長長久久。

女子當學林徽因。林徽因的孜孜不倦，頑強不息可學。

林徽因固然長得很美，如果缺少了才華，那也只是庸脂俗粉。歲月能輕易改變一個人的容顏，美麗是握在手心裡的流沙。但，內在的美卻可穿越歲月的浮華，沉澱出一種氣質。

林徽因的芳華絕代不僅僅在容顏，更因她的才氣。

她的文學造詣很高，她的詩句廣為流傳，輕靈的語句彷彿天籟。不僅僅是詩人，她更是當代的女建築學家，她和丈夫對古建築的研究孜孜不倦，他們的足跡踏遍大江南北。

書中還曾多次提到林徽因的病，即使養病，她依然珍惜時光，許多詩稿，許多有關建築學的論文都在病中完成的。

甚至於在醫生斷定她將不久於人世之時，這個堅強的女子以她非凡的毅力走完了最後的十年。這十年她不是在病榻上度過，她用這最珍貴的十年在建築的研究上取得了巨大的成就。

十年，她既孤獨又充實，既辛苦又滿足。這就是林徽因，一個堅強的女子。

她的孜孜不倦，她的才學卓絕，她的非凡毅力都如此不同尋常。女子當學林徽因，有自己的追求，不做攀援的凌霄花，做一棵比肩的木棉樹，生命不息，學習不止。女子當學林徽因，笑聲點亮四面風，娉婷，鮮妍，做最美的人間四月天。

暗香

五月末，六月初，暗香湧動。淡的香，濃的香，看不見的香，若有若無，忽明忽暗，絡繹不絕。一會不注意，衣裳沾滿香，人心泡在蜜罐裡，柔軟、芬芳。

我知道，這時節，梔子花開。就在不遠處，藏著，躲著，並不露面，只管把那長了手的香，踩著腳的香，捏人鼻子的香，東一瓢，西一勺，到處潑灑。

地面香，空氣香，人的思緒也跟著香。走著，走著，就絆住了，好像想起什麼，卻又恍惚憶不起什麼，只覺得這絆住的思緒也是香，側了側頭，摸了摸鼻，不知不覺又被香牽著走了。

只聞其香，不見其花，真讓人想念。比如家樓下的合歡樹，雲遮霧繞，抬頭便見；比如窗外的玉蘭樹，端著白瓷碗一樣的花朵總也不謝，再比如灌木叢中的紅花酢漿草、一年蓬，日日端出笑臉等你來瞧。這樣的好，便是尋常了，瞧著、瞧著不新鮮了。唯獨這梔子花，只聞其香不見其花，在心裡撩撥起相思一片。思念越積越盛，竟讓人坐立不安了。

那日，風把香吹來，手醉得軟綿綿，眼睛裡開出一朵朵梔子花，坐不住凳，握不住筆，丟下手頭一堆作業，不管不顧地跑到湖邊找花。

時間還很早。學校的學生正在上第一節課，往日喧鬧的湖畔，空闊安靜，行人稀少。柳樹風華正茂，青枝綠葉，成波成浪。睡蓮端出最好的「白瓷碗」，安靜溫婉。未來得及俯身細賞，一股暗暗的香迎面而來。這是怎樣的香？奶白的，甜膩的，霸道的，游絲一般，細繩一樣，攀上我的肩頭，登上我的鼻翼，把我整顆心，捆得結實，還不停地說著，來找啊，來找啊。

梔子，梔子，眼裡、心裡、唇裡滿滿都是這兩個字，念一念，唇齒生香，雀躍不安。穿柳林，過小橋，繞草坪，湖畔寂靜，唯不見那月光一樣的梔子花。

池塘邊有一人在打撈，藍色的工作服寫著幾個字，仔細看，原來是這座湖的養護工人。她俯身勞動，整個人幾乎貼著水面，浮萍、雜草、落葉，被她一點點聚攏，再用網子一點點撈起，額頭上的汗，細細密密。水塘潔淨如初，晃著她的影，映著她身後的桃樹，綽綽漾漾。我記得那棵桃樹，臨水而生，每年四月，花開一樹，粉嫩嫩的，如同粉墨暈染的畫，綠波紅影，吸引無數遊人留影合照。

問，附近有梔子花嗎？

那人略微直起腰，說，應該有，你去那邊找一找。

繼續前行，到了櫻花樹下。我當然也記得這些櫻花樹，每年三月。它們捧出一樹樹晶瑩，月光一樣紛飛，雪花一樣漫舞，美得心旌搖惑。

此刻，櫻花樹的對面，也有三個人在勞動。他們還是這座湖的養護工人，穿著藍色的工作服，在這個清涼的早晨，揮汗如雨。一把巨大的剪刀，對著一排一人高的小樹，上下飛舞。一時，枝落葉濺，沒過多久，腳邊堆積一團綠色的雲朵。

這是什麼樹？為什麼要把好好的枝條剪掉呢？我問。

這是紫薇呀！剪掉多餘的，夏天開花才好看呢！他們笑著回答。原來是紫薇呀。心裡也就出現紫薇雲蒸霞蔚的模樣，一片又一片的小花瓣彎曲捲起，每一朵，都在認真地噴紅吐豔。這裡有梔子花嗎？為什麼找不到呢？我又問。

有啊，小梔子很多，各個角落都是呢。大梔子只有一兩株，繞過小路，亭子旁邊，就能看見……他們一邊「咔嚓咔嚓」地修理枝條，一邊歡快地回答。那神情，彷彿向旁人介紹自家的孩子，熟稔，驕傲。一會，一排的紫薇樹，在他們的手中整整齊齊、亭亭玉立。

而我，不知不覺忘了此行的目的。望著他們勞動的身影，望著眼前如畫一般的好風景，莫名替他們委屈。人都說湖水風光美如畫，有幾人懂得美麗背後的艱辛？又有幾人知曉風光背後的汗水呢？她，他，他們，捧著一顆梔子般潔白的心，心甘情願地做著幕後工作，無數的遊客把讚美留給這座湖，卻沒有一個人為他們鼓掌……

咦，你還不去找梔子花嗎？他們奇怪地問。

哦，不找了，這湖邊的花草經由你們的手，可真美！我由衷地讚嘆。心裡卻想著，我已經找到了，暗暗的香經由他們的手，灑入風中，汩汩而來。

他們看起來很高興。收拾好地面的殘枝敗葉，向著那片凋謝的四季海棠走去。臨走，不忘看一眼剛剛修剪好的紫薇，眼神溫柔，笑容安靜。

而我，終於放下對梔子花的惦記。

我認為，他們就是最美的梔子花。在這個清涼的六月，我帶著所見快樂地回學校，有喜悅、柔軟、芬芳、清冽的浩蕩在翻湧。我有些迫不及待，想大聲地告訴，告訴我的學生，有一種香，叫暗香。它沉默，執著，謙和，勤勉，是世上最甘冽的香。

山有木兮木有枝

1.

眼淚在青青的臉上止不住地流，像一條清亮的小溪，晃晃潺潺。「送你一顆糖，別哭了哦！」木子說。

青青聽不見木子的話。她的世界永遠寂靜，無比遼闊的寂靜，好比天，好比海，好比草原，好比無法丈量的深淵。

是的，青青聽力障礙，聽不見花開的聲音，聽不見雨落的滴答，也聽不見木子剛才對她說的話。但是，青青看得見，她看見了木子手裡的那顆糖，包著輕透的紙，描著紅色的花紋。陽光落在糖上，像翩躚的蝶，閃閃發亮。

青青笑了，捧著那顆糖，滿臉的淚，晶瑩剔透。木子愣了，彷彿看到一朵帶露的玫瑰。

2.

一處花園裡，青青和木子認識了。她八歲，他十歲。他們看月亮，抓蟋蟀，追蝴蝶。那些寂靜得要咬掉骨頭的歲月，層層瓦解。因為木子，青青觸到了一個笑聲朗朗的世界。

當時，春光正好。兩小無猜，滿園跑。笑聲驚起木枝青青，綠浪洶湧。

3.

忘了是哪一天。

一條蛇從草叢裡竄出來。

迅捷地一竄，像閃電一樣，還沒看清楚怎麼回事，青青的腳上已經留下蛇的印記。

「啊啊啊」，疼痛蔓延青青的腳，鮮血冒著泡一股一股地湧出來。「痛嗎，痛嗎？」木子焦急地問。

青青聽不見，但她看到了木子的眼淚，一顆，一顆，滾燙的，著急的，落在她受傷的腿上。

「不痛，不痛。」青青心裡說。

木子背起青青跑，拚命地跑，發瘋地跑。

風從青青的臉頰颳過，眼前的景物飛速地閃過。

木子的心跳一聲比一聲急促，像擂鼓一樣，要從背上直接跳出來了。

青青的手觸到滾燙的心跳，她把臉頰貼在他的背，用觸覺去臨摹聲音的形狀。「怦，怦，怦」，一聲，一聲，又一聲，像錘子一樣，烙在青青的心裡。

傷好後的青青找到木子。花園裡，他們手拉著手，許下承諾。

「我跟你好，你也跟我好！一百年，不可以改變！」木子說這話的時候，眼睛一閃一閃，透澈明亮。

嗯。青青重重地點了點頭。粉粉的臉頰，笑成了一朵鮮豔的花。

4.

時光如果能封存那該多好啊。

多年後，青青依然懷念童年的時光。而木子呢？已經長成帥氣的大男孩。

「青青，介紹一個朋友給你，這是紫藤！」十年後，木子對青青說。青青聽不見木子的話，卻看見了紫藤笑盈盈的模樣。

紫藤長得很漂亮。雪白的皮膚，烏黑的長髮。此刻，她正像小鳥一般站在木子的身旁。俊男美女，好美的畫面。

可是，為何青青卻覺得美得刺眼，像正午的太陽，灼灼逼人的淚。他們有說有笑。時而比劃著手，時而大笑不止。

那個有聲有色的世界，拒絕了青青的融入。青青只是個多餘的人。

她看著紫藤在鞦韆上高高地飛來飛去，木子笑著推啊推。鞦韆像繩子，一下一下抽打青青的心。

她看著紫藤在向日葵下追蝴蝶，木子輕輕一攏，把蝴蝶遞給紫藤。紫藤大笑，笑容燦爛到灼人，狠狠地燙過青青的臉頰。

園裡的每一根草都觸到了青青的難過。園裡的每一隻蟲都聽到了青青的淚滴。園裡的每一朵花都看到了青青的傷心。

可是，木子看不到，紫藤看不到。因為，木子和紫藤戀愛了啊。戀愛中的人，只看得到對方和自己，哪裡還能看到別人呢。

5.

一樣的花園裡。

依然是三個人。常常是青青坐著，木子和紫藤笑著，鬧著。紫藤故意的。

她故意拉著木子的手搖啊搖，叫他摘樹上的果子。她故意躲在木子的懷裡說自己怕地上的蟲。

她故意趁木子不注意，在他臉上偷偷親一下。

……

青青的眼睛好痛，好痛。這些親暱的畫面沒有遮擋，像一根根扎人的針。青青痛得冒汗，痛到流血。可是，她無法言說，無法言說。只能任那股錐心的疼痛在心裡像洪水一樣肆虐淹沒。

觸目所及都是傷心。蝴蝶傷心，樹葉傷心，小蟲傷心。青青的心「撲撲」地跳著，好像隨時要撕開胸口才能止痛。

花園也痛了，痛到瘋狂。瘋狂地落花，瘋狂地落葉，瘋狂地飄雪。

是的，冬天到了。花園被雪凍住了。園裡，白茫茫一片。

6.

木子和紫藤還在熱戀。

一頭發瘋的牛闖進花園。牠彎著尖尖的角朝紫藤「突突」地刺去。

紫藤嚇傻了。忘記要逃，忘記要叫，就那麼傻傻地站著，站著。木子一把推開紫藤，自己卻被牛角戳個正著，牛把木子高高地舉起，狠狠地摔下。臉朝下，狠狠地摔在石頭上。傷口在眼睛，木子的世界一片漆黑。

醫生說，必須找到合適的眼角膜，木子才可以恢復視力。去哪裡找呢？誰願意把珍貴的眼睛送給別人呢？

紫藤也不願意。她守著木子，才幾個月，就消失了。

木子的世界墜入黑暗，無邊無際的黑暗啊，空曠寂寥的黑暗啊，像天空撕開的巨洞把希望一口一口吞噬。

「黑暗，快點，快點，把我拉走，把我拉走。」木子的傷悲向著深海的方向滑落。

7.

有人在傷心地哭泣。「紫藤，紫藤，是你嗎？」木子驚喜地大叫。有人在輕輕地吻他的額。「紫藤，紫藤，是你嗎？」木子揮舞著雙手。

有人在他耳旁輕輕地發聲，嗚嗚啊啊，嗚嗚啊啊，不成言，不成語。

「紫藤，紫藤，別離開我。」木子想緊緊地抱著她。可是，她走了，木子既看不到她，也抱不住她。

……

8.

「有個好心人捐獻了她的眼角膜，你很快就可以看到這個世界。」

醫生的話語是一盞盞柔和的燈，漆黑的世界，一片明亮。

恢復視力的木子，想見見這個好心人，但她杳無蹤跡。木子也想見見青青，但她居然也杳無蹤跡。

那個花園，依然是當年的模樣。木子站在碧色的樹枝下，恍然如夢。這裡依然草密花繁，蝴蝶翩飛，空蕩蕩的花園，唯有風的聲音，掠過。

「我跟你好，你也跟我好！一百年，不可以改變！」木子忽然想起年少時說過的話，淚光閃閃，悵然若失。

第二輯　素簡生活，內心豐盈

一名作家說，飲食簡明扼要，生活刪繁就簡。梭羅（Thoreau）說，一個人，只要滿足了基本生活所需，不再戚戚於聲名，不再汲汲於富貴，便可以更從容、更充實地享受人生。素簡，是一種橫亙的力量，低調、持久、溫和。

素簡

越來越喜歡安靜，一個人，一支曲，一本書，一段閒暇的時光，可躺、可臥、可蜷曲，這樣就很好。

安靜的時候，細數陽光中的顆粒，聆聽風中的迴響，輕聞空中遍布的桂花香。

居陋室，食粗糧，竟也甘之如飴。

有衣穿，有房住，有車可代步，足矣。

更多時候，用來探尋與聆聽。書中美妙如溪澗的語句，窗前熙熙攘攘的合歡花，耳畔高高低低的鳥啼，讓人莫名微笑。

萬物美好，我在其間。比起物質，更重要的是精神層面的幸福。心容世事而不爭，意納萬物且自明。

用粗茶淡飯保持眼睛的清澈，用棉麻衣裳保持身體的柔軟。太陽的光，野草的芒，青瓦的舊，花朵的美，空氣的淨，都讓人一一躬身，細細探尋。

與「世俗」背道而馳，沉溺於自然純樸、恬淡如菊，浸於大道至簡、見素抱樸，這樣的素簡，彷彿入禪。

讀書，讀到這樣一段話：所謂新幸福，就是擺脫金錢、時間、場所等外物的束縛，讓我們重新擁有自由。

深以為然。

素簡，如同減法，一樣一樣地解除安裝，一樣一樣地放下。因為輕盈，所以自由。

看取蓮花淨，應知不染心。

一名作家說，飲食簡明扼要，生活刪繁就簡。

梭羅說，一個人，只要滿足了基本生活所需，不再戚戚於聲名，不再汲汲於富貴，便可以更從容、更充實地享受人生。

素簡，一種橫亙的力量，低調、持久、溫和。

拍賣會上，一個簡單，毫不起眼的宋代白瓷碗竟拍賣出八十萬。人們吃驚，難以置信。卻不知，白瓷碗的昂貴在於簡單中見大方，樸素中見端莊。

有一種美，低調中的奢華。素簡的物品，經過時間的淘洗，更加美麗，更加圓潤。

「我的生命是一本不忍卒讀的書，命運把我裝訂得極為拙劣。」一篇網路文章，在各大網站走紅，點閱量超過百萬。這篇文章，樸素無華，波瀾不驚，卻有一種安靜的力量。

「沒有苦吟，也不用思索，連修辭都是一種繁瑣，誠實道出就是。」這篇文章的走紅，與作者平淡自然、不雕不飾的寫作手法，不無關係。

娛樂新聞裡，一名運動金牌選手嫁入政治世家，他們過著平常人的幸福生活。剛生完第二胎的她，在街頭抱著小孩，一身樸素，乾淨從容。

嫁入豪門，卻和「豪」字不沾邊。頭上綁著幾十塊的髮圈，手提著幾百塊錢的包，幫兒子買一套一百塊錢的童裝，還要貨比三家。

這樣的她，口碑極佳，通透似玉，溫婉迷人。常常地，臨窗而望。

窗前的玉蘭花，開了又落，結成的籽，上尖下圓，彷彿一支倒懸的筆。也會想，如若用玉蘭花做筆，寫出的字也是素簡質樸的吧。用來畫畫呢？只得是丹青水墨，黑白兩色，寓意深遠。

牆頭的凌霄花竟也結籽，一串一串，彎彎的月亮。亦想起小時鄉間樹梢的刀豆。粗獷的刀豆彷彿一把把結實的彎刀掛滿藤蔓，大咧咧，胖嘟嘟。一把摘下，切成薄片，佐以薑、蒜，咬一口，香噴噴。

蘇東坡說，人間有味是清歡。這樣的「清歡」亦是素簡。

小時候，外婆為我煮豆腐，煮白菜，青青白白，醇香誘人。根深蒂固的記憶，認定清淡為終身的食之味蕾。

有人沉迷餐廳大廚的「美食」，或油，或鹹，或辣，或甜，油膩而刺激。

總是無法喜歡，對於人群、對於熱鬧、對於重口味的食物，保持莫名的疏離感。

喜歡家常小菜，清清淡淡，過水拌鹽。喜歡家常舊衣服，鬆鬆垮垮，溫軟舒適。喜歡君子之交，清淡如水，從容似風。

這，也是素簡吧。

所謂素，「清水出芙蓉，天然去雕飾」。所謂簡，「一簞食，一瓢飲，不改其樂」。物質可以粗糙，心靈卻應精緻。

秋蟲的鳴響，落花的繽紛，雨後的空氣以及屋外桂花三兩枝，每一樣都在眼裡生動而珍貴。

家人的體貼，孩子的活潑，陌生人的微笑以及禮讓行人的車輛，每一樣都溫馨而暖意。

生活更加簡單了。

讀書，聽音樂，寫文字，賞花草，知己二三，便很好。

讀書，讀到經文中的一句話：「願我來世，得菩提時，身如琉璃，內外清澈，淨無瑕穢。」一時愣住了，這樣的句子，恰似山中的水，又素又簡。

聽音樂，遇到某一首歌，叮叮咚咚，清澈見底，雨落青瓦一般。一時呆住了，這樣的歌曲，來自天外，又純淨又無邪。

去湖邊，芙蓉紅，葦花白，一時竟又傻住，如此空曠的好地方，禪房花木深，曲徑通幽處。

這樣的歡喜與美意，也是素簡吧。

採菊東籬下，悠然見南山。不急，不萎，不卑，不亢，把每一寸光陰過成良辰美景。

如此，亦是素簡呀。

流淌愛意的街道

注意那個落魄的老人已經好幾年了。一身破舊的綠軍服，褲腳常年捲起，衣服的鈕扣掉了好幾顆，袖口處沾染黑色的汙漬，衣襬一邊高，一邊低。再往上看，便是他消瘦暗黑的臉龐，一撮稀疏的山羊鬍，眼神飄忽，嘴唇微動。

這樣的他，一手拄著竹竿，一手拿著空碗，讓人免不了想到「乞丐」又或者是「神智不清」等詞彙。

他卻常年安好，模樣沒變，著裝沒變，每天按時出現在家樓下的街道，一根竹竿「篤篤篤」地敲過去，又「篤篤篤」地敲回來。

遇見的次數多了，發現他與一家小吃店關係密切。每到吃飯的時間，小吃店的服務生都會端出一大盆的新鮮飯菜送給他。所謂「大盆」，是一個很大的瓷碗，乳黃色，油漆剝落，斑點遍布，頗有年月。服務生將飯菜裝得滿滿的，堆出一座小山，熱氣裊裊，香味濃濃。老人的手伸過去，臉上掛著淡淡的笑。

「如果不夠，再來拿！」服務生笑瞇瞇囑咐，溫柔又和藹，彷彿對方是一位尊貴的客人。

過了一會，老人將碗悄悄地拿回去。總有人接走，並把碗洗得乾乾淨淨。

一回，兩回，三四回……遇見的次數多了，自然而然地以為這老人是小吃店老闆娘的親戚。

若不是親戚，誰會長年累月地接濟呢？心裡暗想：這老人多虧了這開小吃店的親戚，否則如何生活都成問題吧？

那天下午，從學校回來，在這條街的水果攤買水果，遇見那老人，一身破舊的綠色衣物，眼神迷離地從眼前飄過。賣水果的老闆娘忽然揚起脖子，朝老人喊：「要吃西瓜嗎？」

老人轉身，笑，輕輕點點頭。

正是忙碌的時候，賣水果老闆娘卻撂下排隊的顧客，轉身從籃子裡挑了一個最大、最甜、最新鮮的西瓜，「咔嚓」一聲切開，拿了最大的一瓣，遞給老人。

老人樂呵呵地接過，大口大口地吃起來，嘴角邊，紅色的西瓜汁「撲啦啦」滾落。

賣水果老闆娘不忘叮囑：「慢一點，慢一點，還有呢。」她說這話的時候，神情可親，語氣溫柔，彷彿這老人是自家的親人。

我看一眼，再看一眼，覺得奇怪：莫非這賣水果的也是老人的親戚？

店裡那麼多不是特別新鮮的水果，隨便哪一樣都足夠她做善事，可是，偏不，她挑了最大最紅最甜的西瓜。

沒有一絲一毫的心疼，沒有一絲一毫的猶豫，沒有一絲一毫施予者的高傲。

這不是親戚是什麼？

那天，我破例起了個大早，在這條街的早餐攤前排隊，油條、煎餅、包子、饅頭，各色餐點從老闆忙碌的指尖下一盤一盤地端出來。店鋪門口排著長長的隊伍，隊伍之中的我，聞著油條的香味，不自覺嘸了嘸口水。

店主呢，雙手飛舞，腳底生風，左手豆漿，右手油條，忙得額頭冒出汗。忽然，他眼角的餘光瞅到一個人，蘸滿麵粉的手，舉起，搖動，白的粉末，簌簌地落，他扯開嗓子，大聲喊：「老先生，快來，要吃油條嗎？要吃大餅嗎？」

所有排隊的人，一律轉過頭，依然是那個老人，一身破舊的綠軍裝，一撮山羊鬍，一根竹竿，一個破舊的大瓷碗。

早餐店的老闆，越過排隊的顧客，將大餅、油條、麵包放進老人的碗。臨走，不忘交代，有點燙，慢慢吃啊！

那說話的語氣，溫柔如水，讓人不禁對這高大粗壯的男人，看了又看。

這老人到底是什麼身分？

許多的疑問，如秋風中飄落的梧桐葉，懸滿整條街。

那日，很早放學，我照例來到這家小吃店吃晚飯。難得老闆娘在，五十多歲的她，略胖，微黑，一副老花眼鏡架在鼻梁上。她拿著粉筆正在小黑板上寫新菜的價格。忽然，老闆娘的臉上洋溢著笑，隨手從架子上拿出一瓶可樂，噠噠噠，跑到門前，對一人說，要喝飲料嗎？

我的目光隨之望過去，依然是那個老人。老人伸手去接。

老闆娘笑著說：「你要說謝謝哦！」

老人張了張嘴，努力擠出兩個字：「謝——謝。」

老闆娘爽朗地笑了，她的笑聲滾滿陽光的色彩，說：「十年了，教你說這兩個字，今天說得最清楚，幫你按讚。」說完，她還真的豎起大拇指朝著老人遞過去。

我看呆了，這老人到底是誰？為何人人都對他這麼好？

與餐廳老闆娘聊了幾句，原來，老人是這條街的孤寡老人，神智不清，不會交流，不會表達，住在破房之中，無兒無女，無依無靠。十年了，從餐廳在這條街定居開始，和藹的老闆娘便替老人送飯送菜，一日不懈。

不知不覺，整條街的人都關心起老人。沒有人號召，沒有人監督，沒有人提醒，大家都把老人當成自家的人。

一年三百六十五天，天天如此。

老人不愁吃，不愁穿，活過了一年又一年。他還將繼續活下去，這條街在，街上的商店攤販在，老人也會一直一直在。

你若愛，生活哪裡都可愛

1.

校園裡的花開了，我高興。

春天的茶花，粉色，重瓣。我照例拿出手機不停地拍。我認為每一朵花開，都值得高興。所以，校園的各個角落，湖畔的各個角落，哪個地點，哪個時節，有哪朵花開，我都曉得。

旗桿下，一株白玉蘭，前幾天開得很漂亮。滿樹的花，滿樹的白月亮，搖搖晃晃，風來，稀里嘩啦地落，像是下雨一樣，我看著開心，伸手一片片接。我和女孩把滿滿的花瓣整齊地擺在長凳上，一大排，狹長的小船，我覺得很美。

圍牆那，有蒲公英，四月左右會開花。我每年等，看它們從縫隙裡扭著小蠻腰，亭亭玉立地笑，看它們吐出翠綠的葉，頂著金燦燦的花朵，搖曳生姿，女王一般雍容。我挪不動腳，莫名地感動。

南邊的教室，全校最好的地點。靠著牆邊一排的花。

五月，粉紅的櫻花站枝頭，細長的枝條，恨不得長到教室裡來。簡直就是過節了，一窗的熙熙攘攘，一簾的花朵。怎麼看，怎麼好。

九月，桂花又來了。隱隱的香味撩人得很，在校園裡興奮地跑。校園躺在香水上，輕輕蕩漾，一晃一漾，香味一波一波湧來。飲了酒般，恍惚地走，朦朧地笑。課間，學生們滿操場跑，跑著、跑著蹭到桂樹，滿枝的花朵，滿樹的香味，像驚飛的蝴蝶一樣，「轟」的一下，漫天飛。

一年三百六十五天，有多少花爭先恐後地開。蠟梅、海棠、櫻花、玉蘭、雛菊、茶花……排著隊，抿著嘴，一朵接一朵，流光溢彩，披紅掛綠，粉嘟嘟，鮮嫩嫩。你慢了腳，舒了心，向著它，微微笑。這些都是好，日子裡的好，在光陰的低處，在你身側。

2.

出太陽了，我高興。

這是座泡在煙雨中的城市，連著下雨半個月或一個月，常有的事。某一天，忽然出太陽了，像明晃晃的陽光河流一般，怎麼流也不完。道路塗滿，房子塗滿，樹木塗滿，整個世界都塗滿。看草，戴著金冠子，看樹，披著金縷衣，看車，貼著金薄膜，彷彿仙女拿著棒子，輕輕一點，整個世界金光閃閃。人在陽光下走，一束光籠罩著他，金色的臉龐，金色的微笑，每踩一步，金色的輕盈。走著，走著，遇見另一個籠罩在陽光中的人，一個說，今天的太陽真好，另一個答，真的很好呢。

主婦們樂壞了，翻箱倒櫃，晒衣服、晒棉被、晒毛巾、晒木箱、晒椅子，晒無可晒，恨不得把整個屋子從底部翻出來，放在陽光下晒一晒。晒著晒著，她們的手腕戴上了金手錶，她們的眼睛刷著金睫毛，她們的臉擦上了金胭脂。

陽臺上，紅的被、綠的毯、花的衣，隨風飄揚，各種顏色飄啊飄，一窗的陽光，攪動了，瀲灩繽紛。女人們拿著衣架子拍拍被，扯扯衣，拉拉毯，陽光的香味，洗衣粉的香味，噴湧而來，像是醉了一般，情不自禁地瞇著眼，抬手，遮額，天上的太陽像亮晃晃的銀盤。

高樓大廈有陽光，破舊的公寓有陽光，大路有陽光，小道亦鋪滿陽光。花圃的牡丹沐浴陽光，牆角的櫨蘭也披著陽光。大門前的時髦女子在陽光中婀娜多姿，那個穿破衣蹲在路旁拉二胡的老爺爺也在陽光中音符紛飛。

金色的陽光，大把大把，公正無私，不偏不倚。不論貧富，不論貴賤，天地萬物，它都愛，任何人也不偏頗，任何人都能擁有它，任何人都能沐浴它。

陽光燦爛的日子，花柔軟，草柔軟，心底裡流淌的快樂也是柔軟的。

3.

走著，走著，遇到微笑了，我高興。

清晨，進校門，一朵又一朵的微笑迎向你，甜甜的，脆脆的，密密的。走到大廳，幾位年輕的同事們，遞來微笑，八年級後段班的她們，年輕如新鮮的果實，他們說，胡老師早。白雪一般的肌膚，一朵潤潤的笑輕輕上揚。一聲又一聲的問好，人與人之間，老師與孩子之間，暖意瀰漫。

這幾天參加製作軟陶的活動。

有專業的老師五十多歲，膚白，眼亮，臉上的笑淺淺如月牙，她俯身，對我輕輕說，別著急，慢慢來，一定可以。一句句話語落英繽紛。笨手笨腳的我，忽然安靜，安心且耐心地一點點學，一瓣瓣地黏，終於把一朵玫瑰做完。

小小玫瑰，活色生香，微捲的花瓣，彷彿待放的喜悅。

萬物美好，包括手中這朵微捲的玫瑰。人，有時丟失的只是一顆歡喜的心。抬頭，但見藍天湛湛、白雲朵朵、綠樹蔥蔥……哪一樣不值得愛？

你若愛，生活哪裡都可愛。

快樂原來很簡單

窗外，雨在歡欣鼓舞地劈里啪啦而落。粗粗的雨線預告它們的浩大，千針萬線，密密而縫。「啪啪」的響聲，絡繹不絕。莫不是天地間舉行一場盛大的狂歡？歡慶夏天的到來。或許是吧，你看，雨滴踩著夏天即將來臨的熱情縱情歡暢，肆意汪洋。

一雙雙眼睛整齊地轉向操場盛情的雨之舞蹈裡。課堂上，詩般的語句在滂沱的大雨裡失去了它的魅力。望著那一雙雙渴望的眼睛，嘴巴裡忽然迸出意外的話：「想去外面看雨嗎？」，「想！」四十五位孩子，毋庸置疑地響亮。個個躍躍欲試，個個精神抖擻，期待的眼神如同蓄滿漣漪的水，望得你心軟綿綿。

「去吧，去走廊裡和雨玩吧！」話音剛落，教室裡爆發出雷鳴般的歡呼聲。同學們爭先恐後地跑到走廊，望著突然而至的大雨，樂成一朵朵明麗的花。

他們伸出雙手虔誠地接住誤闖走廊的雨滴，聽雨滴在小小的掌心裡蹦跳起舞；他們把頭埋在霧濛濛的雨花裡肆意地感受淋漓的涼意；他們「唰」地一下劃過欄杆上的積水，看著水花四濺而肆意大笑；他們張開雙臂轉著不成樣的圈與飄進走廊的雨擁抱滿懷……

「老師，這雨滴是溫的，是溫的呢！」一位孩子為自己的發現而快樂地大喊，驚喜的眼神映著唰唰的雨絲而光芒四射。

「老師，這雨打過來很痛，很痛呢！」一位孩子揮著手臂卻歡欣地大叫，驚訝的眼神伴著抖落的笑聲而明亮潤澤。

「老師，你看，你快看，太陽出來啦，雨還在下，雨還在下，是不是太陽雨呢？」

「老師，你說，你快說，雨停了是不是有彩虹呢？我們待會要看天邊的彩虹！」

「呀，雨又大起來啦，太陽不見了，太陽是不是被雨澆滅了呢？」「快看，窗臺的玻璃怎麼有蜿蜒的小河呢？」

……

這是在課堂裡絕對看不到的活潑，每個孩子都那麼開心，每個孩子都那麼愜意。他們笑著，跑著，樂著。笑聲此起彼伏，蓋過了「劈啪」的雨聲，蓋過了一片又一片的雨簾。他們成了此刻最美的風景，是天真，是爛漫，是歡樂。他們淌著雨珠的臉，紅撲撲地興奮，那紅暈如沾滿露珠的玫瑰花，鮮嫩而芬芳。

雨還在下，一波的狂勁過後，又風捲殘雲地捲土重來。這是一場狂歡的盛宴，千絲萬縷，無所顧忌，重重砸下，密密蔓延。孩子們驚叫著，大喊著，歡笑著，奔跑著。

快樂原來很簡單！我不禁發現。只是一場雨，而已。

日光傾城

幾場透澈的寒冷後，明朗的晴天如約而至。日光晴好，灑遍各地，傾城的黃，柔柔地覆蓋，明亮的光溫柔地閃爍。靜好，溫柔，暖意，明媚……所有的詞彙在流淌的日光裡跳躍閃耀。

天以一種難得的純淨，坦蕩地呈現在你的面前。

抬頭仰望，目之所及，鋪天蓋地的藍，氣勢凜然地覆蓋高空。純粹，透亮，柔滑，多得漫無邊際，美得清新優雅。藍，高傲的藍，它以自己獨一無二的姿勢寫滿晴空萬里；藍，高貴的藍，它以鋪天蓋地的龐大流瀉無涯天際。不要任何的點綴，扯下所有的逶迤，藍，它似出鞘的劍，貫穿長空。它，無邊無際，無懼無畏，震懾了仰望的眼，磅礴了無垠的天。恨不能，飛身上天，捧一抹藍，做成美麗的海洋之星，讓它幽幽地閃耀。巴不得，躺在這柔柔的藍裡，輕輕搖晃，聞聞它淡雅的雲香，撫一撫它潤澤的彈性。

陽光，從空中毫無遮掩地灑下。絲絲縷縷，成束、大朵，直直地傾瀉，靜靜地潑灑，不休不止，不停不歇，覆蓋了冷冷的寒風，傳達著暖意。看，它在明媚跳躍，在小孩奔跑的身影裡；聽，它在細細低語，在翻飛的翩翩落葉中。

掬一把陽光，指縫裡流露細細的明黃。它，穿過指尖，留下一指馨香，瀰漫了一掌溫度。手心的溫度，隨著血脈自由行走，溫暖著整個身心。在陽光的浸潤下，暖意懶洋洋地冒著泡泡，倦怠地瞇著眼，心，得到最自由的放鬆。就這樣，就這樣，泡在日光裡，懶懶地思索，懶懶地傾聽，懶懶地感觸，告別一切繁瑣，讓自己在和煦的陽光中慵懶成一縷自由的風，隨心所欲，無牽無掛，無憂無慮，飛翔……

遠處那高高低低的是什麼？哦，是山嗎？群山疊嶂，蜿蜒起伏。近處的，幽幽的青；稍遠的，淡淡的綠。高低起伏，遠近排站，以圍攏的姿勢，擁抱著城市。瞇著懶懶的眼，將山的姿色裝入眼底，那山，因為陽光而明麗朗朗。它，冒著裊裊的熱氣，像落入金黃的暖湯裡，舒展著渾身的每一個毛孔，盡情地吸收，吐納，儲存所有的養分。

近一點，再近一點，那滿河波光粼粼的是跌落的星嗎？一河的熠熠光輝，爭相媲美，閃爍不停，前擁後擠，隨著波紋輕輕搖曳。哦，原來是陽光呵，它來到了小河，灑下了這流光溢彩的閃爍。

河水啊，輕一點，再輕一點，小心這滿河的珍珠點點滿溢兩岸。風啊，慢一點，再慢一點，小心這繞城的點點珠光迷離了人們忙碌的眼。

過來一點，再過來一點。向南的樓房，靜靜地佇立，他們沐浴著日光，塗上一層柔柔的黃，燦爛而明亮。不禁暢想：住在那房子裡的人，是幸福的。他們能在最近的地方感受陽光，那穿透窗櫺，爬滿陽臺，直達房間的光，悄悄遊走，慢慢塗抹，輕輕撫摸。所到之處，暖意融融。

家有陽光，爛漫滿屋，家有陽光，馨香滿懷。即使，是陋室，又何足為懼？即使是貧寒？又何必心酸？一公尺的陽光，蓬蓽生輝！

友人曾說：最喜歡晴朗的天，那傾城的陽光能帶來最愉悅的心情！是的，心情會與天氣有關！燦爛的日光趕走所有的不悅，融化所有的煩惱，蒸發所有的陰鬱。不知從何時開始，我近乎瘋狂地迷戀上陽光，常常對著它靜靜地發呆。看它穿雲透霧，看它覆蓋所有，看它裝滿視線，滿心的燦爛便如盛開的花，朵朵明媚，枝枝芬芳。

目之所及，各個角落都塗上了柔和的色彩，心，寂靜安然，似漂浮的塵埃在剎那找到安定的場所。閉目間，靜靜地接住陽光，暖意漫遊全身，腦海裡不禁浮現幾個詞：現世安穩，歲月靜好！

手機裡的簡訊說今年的冬天是千年極寒的。但是只要一想到陽光，再寒冷，也不怕了。

倚著籬笆來種花

我想有幢小小的、矮矮的房。木質的門、青色的磚、黛色的瓦、雪白的牆，兩三個窗戶，陽光滿屋。

不需要很高，兩層，就兩層。樓上是臥房；樓下，布廳堂。寂靜的夜，一盞橘黃的燈，一窗淺淺的星。蟲鳴起伏，稻香陣陣，一股一股的風，翻開閒散的書，撲啦啦，撲啦啦，《詩經》、唐詩、宋詞在書頁裡翻飛如蝶。

我想，屋前，種上花。

竹質的籬笆，橫橫斜斜，且疏且密，半個人高。

倚著籬笆來種花，薔薇花、木槿花、牽牛花、金銀花……不管哪一種，都喜歡。

春天，可以種薔薇。一排排插下，春雨幾場，竄了個頭，伸了手臂，爬呀爬。拇指般的葉，蠶繭似的蕾，一身綠色的錦緞。五月，花開。一籬笆的薔薇在陽光下舉著小小的酒盅，粉紅、玫紅，層層疊疊，搖搖晃晃。一屋子的花香搖曳奔跑，蠟染一般，桌椅、棉被、衣裳，甚至瓦片上的狗尾草，都透著香。

也可種牽牛花。丟下種子，澆上清水，過沒幾天，綠苗扭著細腰娉婷地跳著舞。不用指引，牽牛花自己就會爬，忽纏，忽繞，纏纏繞繞，繞繞纏纏，有多歡喜，就有多熱烈。一朵，一朵，又一朵，圓圓的臉龐或紅，或藍，或紫，喜氣洋洋，洋洋喜氣，拽著你的腳，拉著你的手，讓你動彈不得。

屋後，種瓜、種豆、種菜。

絲瓜、葫蘆、南瓜，必不可少。絲瓜和葫蘆使勁攀，竄上電線，爬上晾衣繩、繞過柚子樹，抽出藤，長出葉，長長的莖就纏著架子或繩子，一圈又一圈，牢不可破。

南瓜呢。只往低處匍匐生長，闊的葉，白的紋，葉上覆短毛，伸手一碰，十分粗糙。它的莖，手指粗，像管子一般，有著無窮的力，「呼啦」一下，綠色的帳子，「噌」地鋪開，滿地都是蒲扇大的葉，隨便摘下哪一片，足以遮擋忽然而至的雨。

也種四季豆、豇豆或扁豆。

黑黑的泥土，一隴一隴，中間挖出小小的坑，丟下三五粒種子，覆土、澆水、施肥。不出幾日，豆苗抽出像細絲一樣的藤，纏著竹竿，使勁地長。長呀長，掏出幾片橢圓的葉，長呀長，別上幾朵紫色的花，嗡嗡嗡，嚶嚶嚶，一隴的蜂飛蝶舞，一隴的生機勃勃。再過幾日，它把身上的花扯了，掛上了像月亮般的果。淺淺的弧，綠色的皮，嫩嫩的豆，朝著你眉開眼笑。

此時此景，宛若桃源。

是不是該放一架鞦韆？坐在春天的風裡，看滿院子的綠，描眉、戴花、梳妝、打扮。鞦韆蕩呀蕩，一地的綠，起伏、綿延、垂手、靜坐，彷彿，自己也成了綠，青色的心，碧色的身，翠色的眉眼，一舉手，一投足，都是綠。

這時候，不要與我談功名，不要與我說利祿，不要與我聊滾滾紅塵的紛紛擾擾。開了門，敞了窗，陽光請進來，清風請進來，花朵、蜜蜂、蝴蝶請進來，憨厚的鄉親請進來。

我們說說近處的稻穀與蛙聲，談談遠處的青山與霧靄，聊聊院中的薔薇與茉莉……渴了，泡一杯茶，握在手心慢慢地品；累了，搬出搖椅，蓋著花香輕輕躺。

夕陽西下，一彎月亮，薄影一般，貼天邊。柴禾與鐵鍋，不能忘。油、鹽、醬、醋、酒，交錯而下，熱騰騰的火苗、綠油油的蔬菜、白滾滾的米飯，按部就班。煙火一室，一室煙火，很人間，很生動。無需大魚大肉，無需山珍海味，粗茶淡飯，賞心悅目，土生土長，就很好。

晚飯後，黃昏拉開金絲銀線，盛裝蒞臨。世界籠罩在奇異地柔光裡，紅也不是，黃也不是，白也不是，溫柔的眉眼，短短的絨毛，將你的心攪拌，一波喜，一波柔，一波暖，萬千祥和，依序地開。

推開籬笆的門，我想，沿河，漫步。

青山綿綿，綠水悠悠。遇到人，大聲地招呼，遇到風，盡情地摟抱，遇到星星與月亮，仰起頭，不妨，痴傻地笑。

腳心微汗，手心微潮，臉色微紅，踏著月光淡淡，推開薔薇朵朵，回到安寧靜謐的小屋。點燈、翻書、寫字、聽歌，月色一窗，星光一頃，蟲聲一斗，且思，且記，且笑。

不關心物價，不經營人情，不偽裝世故。草木為鄰，花朵抵足，與雞、鴨、鵝、兔嬉戲，這樣的日子很乾淨。

有人說，這樣的日子是詩意的遠方。

記著，寫著，樂著，念著，忽然就樂了。

這心心念念的一切，不就是兒時的鄉村，兒時的生活嗎？

若有所思，恍然大悟。來自春天的念想，咕嚕咕嚕地冒，歸根結柢，流淌在血脈裡的鄉村情結。

身居城市的我，斗室之中，何來籬笆？何來花？

春風起，萬物發，倚著籬笆來種花，想念，想念，再想念。

陪伴是最長情的告白

最初注意到她是在清晨的校門口，我騎著車，風一樣颳過。她呢，一張大大的笑臉送過來，一聲響亮的問候，遞過來。

「老師好！」

她的聲音，爽朗、熱誠、明麗，掠過清晨的風，掠過人來人往的家長，蜻蜓一樣，落在耳畔。

於是，記住了那張毫不設防的笑臉，燦爛的、開懷的、真誠的。嘴巴彎彎翹起，牙齒白白露出，明亮得刺眼。

這是哪個班的家長？我並未教過她的孩子，為何熱情至此？心裡雖疑惑，卻因為匆匆，並未真正去了解。

一個機緣巧合，讓我再次遇見她。博物館的門外，她送她的兒子，我送我的女兒，博物館裡，正舉行一個五年級學生的活動。

她說：「老師你也在這？」

我問：「你也送孩子嗎？」

「是啊，是啊，我也送孩子來比賽！碰到老師真是太湊巧了！」她的聲音興奮且嘹亮，為這樣的偶遇，甚而還有一絲掩飾不住的激動。「你的孩子是哪個？」我有點好奇，沒想到她的孩子與我女兒同年級。

她很快地報出一個名字。

我不由得驚愕，這個名字在老師群中常常被提起。那是一個非常優秀的男孩，各科成績優異，有著良好的學習習慣。

她的兒子，在整個年級都是佼佼者。

老師們對於她兒子的評論，在腦海裡閃爍沉浮。

一個老師說，為了練習跑步，每天清晨，她騎腳踏車，孩子跟著跑步，超級有毅力。

另一個老師說，這個孩子聰穎自律，踏實認真，是個極其有潛力的小孩。

原來，她，竟是這個孩子的母親。

不由得側目，對她多看了幾眼。我邀她在博物館四周走走。她拘謹而開心，嘴角彎彎一翹，又笑了，明媚如斯。

五月的天，亮閃閃，一樹一樹花開。我們漫步江邊，穿過微醺的風，穿過斑駁的花影，一邊說著話，一邊看風景。

她竟然很健談，絮絮的話語，扯不盡的絲線一樣，綿軟又親切。原來，她竟是早認識我的。

「老師，您或許不知道，我早就聽過你，我和你是同鄉呢！」她說著，略微激動。

「一直覺得您是老師，也不敢過多打擾您。但是，從我的孩子讀一年級起，我就注意你，因為你的孩子與我的兒子是同歲。」

輪到我訝然。

沒想到，在這遙遠的城市，竟然遇到同鄉。我很興奮，問：「既是同鄉，怎麼不早說？」

她低頭，羞澀，低聲說：「我們家境普通，在我的心目中，老師是高不可攀的人物呢。」

我笑，說：「哪會呢？老師最普通，況且，為人師者，家境大多也普通。」

她也笑，說：「雖然我們家不富裕，但我對孩子說，有爸爸媽媽的用心陪伴，就是幸福的。」

說完，她從袋子裡掏出一本書：「兒子的老師說，應該親子共讀。我就陪著他讀書。只要老師在家長會上講過的，我都會一一記錄，竭力配合。他學習，我也學習，他進步，我也進步。我們雖然沒有足夠多的錢在外面上各式各樣的補習班，但我陪他走遍了這裡所有的圖書館，參加過各式各樣的活動。這樣，也是一種進步，老師，您說對嗎？」

我聽著，由衷誇獎：「你真是一位好媽媽！」

她低頭，微笑，一分羞澀，一分不自然，輕輕地說：「我遠遠不夠呢！只是按照老師的要求努力去堅持！」

她說這話的時候，江邊的月季花正在風中搖曳，花朵黃，花朵紅，枝枝鮮豔。

很多人只看到花朵的美麗，又有誰知道，這背後，有和風，有細雨，有陽光與露水的滋潤。一位母親，日日夜夜，孜孜不倦地引導與陪伴，是世上最珍貴的愛意。

她說，為了孩子，她全職在家，雖然錢少了，但是一家三口，相依相偎，日常光陰，也有許多甜美的幸福。

她說，為了孩子，她重拾書本，不僅和孩子一起閱讀，還嘗試和孩子一起寫文章。

她說，不管遇到什麼情況，她總對孩子說，要尊敬每一位老師。只有樹立老師在孩子心中的威信，才能更好地學到知識。

她還說，不管參加哪種比賽，她總會叮囑孩子享受過程，淡看結果，努力過了，就不後悔！

……

陽光悄悄挪轉，風輕輕飄移，花瓣悠悠飄落。她坐在樹蔭下，說了很多很多，我的心裡湧出許多感動，平凡如她，閃爍的智慧，讓我肅然起敬。

終於懂得，為何她的兒子，那個小小的男孩，如此優秀！

那個小小的男孩是幸運的，或許物質不算豐盈，但他的精神豐茂充沛，因為他擁有最用心的陪伴。

今夜我與雪花相逢

一開窗，迷迷濛濛的白似扯斷的絲絮，輕輕揚揚。思緒有剎那的停滯，那是什麼？那隨風斜斜密織的，隨雨悠悠傾灑的，細碎、蓬鬆、斷斷續續的……是雪？雪嗎？

雪，這美麗的字眼在嘴角輾轉輕吟，喜悅的花在瞬間開滿心底。生在南方，對雪有痴痴的戀，年年期盼，歲歲翹首，總望它能密密麻麻、隨心所欲、無所顧忌地大下一場。然而，這樣的勝景總難相逢。今晚，在這漆黑的夜裡，雪，悄然來臨。伸手，駐足，長望，它們曼妙的身姿鑲嵌在窗櫺，靈動而清澈。

千山暮雪，當空而落，忽而被風輕輕地托起，盈盈向上飛舞；忽而從窗前直直地傾瀉；忽而絲絲縷縷橫著斜飛；忽而急急轉彎畫出優美的弧。

密密抛灑的雪花，從暗黑的雲層噴湧不絕，成千成百的雪花在寬廣的天際掛起白簾，飛珠濺玉，簌簌有聲。

近處的路燈，映著它們玲瓏的身軀，盈盈閃爍，猶如遷徙的白蝶，又似漫天的柳絮。

我不禁伸出手，接住誤闖窗櫺的精靈，看它們在手心盈盈而落，看它們在臉頰輕輕融化，看它們在衣領靜靜消逝。瞬間的冰涼，絲絲融化，心也跟著水霧融化了，飛翔到密密的雪花之中……

我想，我也是一朵雪了，六個瓣，晶瑩心，漫步高山，飄過江河，行走田野……

今我來思，雨雪霏霏。

記憶的卷軸，緩緩鋪開，溫暖的，幸福的，滾燙的，冰冷的，失落的，一一湧上，又慢慢褪去。

木心說，我是個在黑暗中大雪紛飛的人。悲喜交集處，誰又懂得誰的滂沱？

清洌洌的風，冰冷冷的涼，雪未睡，我亦清醒。

晶瑩的雪花不停地落，不停地落，浩浩蕩蕩，飄飄灑灑。悄無聲息間，前仆後繼時，綿綿不斷中，因為不懈不棄，因為鋪天蓋地，柔弱的雪花明晃晃地展示了它的力量！那是一種震撼人心的力量，讓你驚呼，讓你瞠目，讓你讚嘆！聽！「啪」的一聲，竹子不堪重負，剎那折腰；「吱」的一聲，傲骨的青松，低頭彎枝！

世間的萬事萬物，不管高低，不分貴賤，在大雪的傾灑下漸漸銀裝素裹，渾然一色。屋頂白了，草堆白了，麥田白了，連那夜晚忽然響起的狗吠聲，彷彿也是白的了。

明早，將會是怎樣的勝景？蓬鬆柔軟的雪，將為南方的人帶來一場盛大的狂歡吧。小孩們堆雪人，情侶們賞雪松，更多的人，綠蟻新醅酒，紅泥小火爐，約上三五好友，看這一場雪，慢，慢，慢，慢慢地化……

秋日物語

1.

夏落了，秋來了。忽然之間，風就變涼了。也許是，這個夏太過濃烈，如一場焚燒的烈焰。太過強烈的，總是容易凋零，不是嗎？如花事，如愛情。

九月的風吹飛我黃色的裙襬，我看見碩大的花朵在綻放，棉的柔軟一簇一簇地湧進我的懷裡，像媽媽的手，輕輕地撫摸。夏日的心情隨著涼風，漸行漸遠。如銳利的蟬鳴，如沸騰的溫度，支撐著最後的節奏，卻忽然地，不見了。

這個夏日在休眠。一扇窗，緊緊地關著。拒絕一切的明亮。高溫是最好的藉口。當大家都在烈火下蒸騰的時候，我卻躲在二十四度以下的冷氣裡荒蕪。那些寂靜，鋪滿長長的空曠。滴答，滴答，長了腳的聲音叩響流逝的足音。時間丟給無涯，無涯裡找不到自己。我是誰？誰是我？我聽到熾烈的陽光劃過夏日的風。濃稠的模樣，燙傷了我的魂。

很長的時間裡。分不清白天，分不清黑夜。遮光的簾隔絕了世界，隔絕了生活。網路上一則則關於高溫的新聞，像一場預演的秀從我眼前飄過，那只是一場燃燒在隔岸的火。

觀望，出走，把自己從夏季裡剝除，以游離的姿勢，埋葬光陰。為什麼每天休息，每天累？我問新來的同事。

該流汗的時候，就得流汗，那樣才健康。同事笑著說。

是啊，無所事事地虛度，過度地舒適，健康也會如秋草凋落。風繼續吹。吹著我的裙襬，撲上腰線。如一朵明媚的黃花，那麼親密地環繞。

秋來了。我想。

風輕，雲淡，是秋天。風咬著葉的尾巴，一朵一朵地扯落，像一群嫵媚的魚。游啊游，游啊游，填滿我的視線。

2.

夏落了，秋來了。

和靜一起去看秋天。那日的風很清涼，漫天的落葉，一片一片金黃。滿塘的荷花雖顯現出頹唐的姿態，一些倔強的仍一朵兩朵孤傲芬芳。

荷池前，停下，傾聽。秋在葉片上喁喁細語，翻捲的微黃，是它留下的齒痕，如此疼痛，像愛的印記。枯萎從葉的邊緣開始，一點點蠶食，像一個無法更改的結局，侵吞一場火熱的曾經。

走吧。走吧。秋，竟是沁涼的一場憂傷。

山路上，花朵清涼，樹木安靜。一路的人聲耳語也是靜靜的。走走，停停，停停，走走，一路的腳步聲，空蕩成一聲聲寂寞的鳴響。一個老人，滿頭銀髮，一身素雅，像一隻白色的蝶，優雅的端莊攫取我的目光。她慢慢走近，又悄悄地遠去。遇見，彷彿是一朵飄忽的雲，還來不及看清它的真實，已然模糊消散。

是真的嗎？沒看錯？是的，是的，那轉身的瞬間，我記得老人的笑，燦爛、明麗，像一場濃郁的花事，活潑、青蔥、繁盛。

而我?竟在她的明亮之下，瑟縮了一下，心裡的滄桑黯淡，顯露無遺。

那一刻，我堅信。她比我年輕。

有人說，生活是一面鏡子，你熱愛它，它也投射出你的熱情。你放棄它，它也映照你的萎靡。

學習吧，感悟吧。

對著太陽笑，對著月亮笑，對著生活笑。

3.

夏落了，秋來了。

都市被桂花的香輕輕抬起。那些清淺，那些執拗，那些若有若無的香啊，鋪在你的懷裡盡情撒嬌。

心動，只因，又是桂花開的季節。

在溪邊，天真爛漫的孩子傳出陣陣笑聲。沁涼的溪水裡，數不盡的歡樂跳躍撲騰。一束束飛起的水花，晶瑩直白。而我，在岸邊靜靜賞花。

一棵又一棵的桂樹迎來自己的鼎盛時期。高高的枝幹撐起大片的空間，細碎的金黃密密匝匝，突起，聚集，出聲。這裡，那裡，整棵樹，整片林，罩在濛濛的黃色裡，如此盛大，如此磅礴，是一場交響樂，還是一次群舞？美好太過隆重，彷彿一不小心，它們就要起飛，飛到天邊變成雲霞一片。

樹下，仰頭望。

香氣是紛紛墜落的雨，一粒一粒飽滿輕盈。沐浴著這場淋漓，眼睛，眉毛，臉頰，溼透一波又一波的香。輕輕地一轉，裙襬裡也旁逸出無數的香。

那香會飛，忽而在髮梢，忽而在肩膀。怕香味驚醒。站著，一動也不敢動。靜靜地，靜靜地，與桂樹持久對望，仰望的四十五度裡，是我那個下午的幸福。

最好的日子

開著冷氣，蓋著薄被，睡到自然醒。微微的晨曦一點點推移，清晨亮著一張臉，對你暖暖笑。

女孩揉著惺忪的雙眼，從她的房間滾到你的床上，她把笑聲鋪滿，鼓鼓的臉頰飽蘸睡足的甜，貼著你的懷裡，把心跳一聲聲送進去。

開窗，碗口大的玉蘭花，像白鴿一樣，蓬鬆迷人。溫柔的合歡花抖擻羽絨，緋紅如霞。樹下，有擺攤的人，有買菜的人，話語朗朗，生動明媚。

你穿著拖鞋，披著睡衣，「噠噠噠」跑下樓。小小菜攤，蔬果林立。玉米顆粒圓潤，豬肉色澤鮮豔，黃瓜長著刺，青菜還滴著水。老闆是個和藹的人，他說，豬肝保證好吃，他說，番茄隨便挑，兩個十塊錢。你沉浸在他生動的介紹裡，不禁多買了幾樣。

爬樓梯的時候，盤算著女孩的早餐。一個荷包蛋，一碗水餃，一塊西瓜。是不是也算豐盛？想著，想著，你會微微笑。女孩最近胃口不錯，你沉醉在她誇張的吃相中，如同看到一盆旺盛的黃金葛，抽枝長葉，蔥蘢拔節。

煎蛋已經煎得很熟練，七分熟，金黃色，咬一口，汁漫流。水餃放在壓力鍋裡煮一分鐘，特別有嚼勁。而西瓜，刀一碰，「砰砰」開裂，紅瓤綠皮，甜甜的樣子。

女孩吃得開心，風捲殘雲，還不忘朝你豎起大拇指。你的笑融入她的笑，你看到日子裡的好，朝你一朵一朵漫流。

照例先看書，再彈琴，女孩和你一起看同樣的書。有些段落，她居然背得有模有樣，你聽得訝然而欣喜，讚美的話一句句送給她。她聽得開懷大笑，天真又爛漫。這樣的她非常可愛。

下午，你不忘打個電話給母親。電話裡，母親笑聲朗朗，她忙著晒四季豆，問你要不要。你邀她過來住幾日，她一口答應。你的喜樂在電話的這一端纏繞，思考著是不是要買一個好的平底鍋給母親煎水餃、煎餅皮，讓她也嚐嚐你的手藝。

夕陽西下，你沿河散步。一株野生的蒲公英在高高的牆上朝你歪頭笑。不由得慢了腳步，用目光丈量蒲公英棲息的縫，僅僅只是一丁點的地方，比繡花針大一點點，它居然抽出了枝，長出了葉，開出大捧的花，金黃的花朵，圓圓的小太陽。你認為這樣的蒲公英比花圃的牡丹還要美，心裡為這野生的草感動。

河的那一邊有一朵或兩朵薔薇，粉紅的模樣，嬌俏得很。一個個陌生的人從薔薇花旁走過，或女人，或青年，或小孩，你瞧著每一個都很好，迎面而來的人，帶著薔薇的香。你忍不住想用微笑迎接。一次擦肩，或許，永遠不見。你祝願每一次的相逢，如春天的薔薇花，開出一朵又一朵的暖。

散步回來，一樓的新鄰居，一個愛養花的男人，在不到二十坪的小房子前叮叮噹噹地忙碌。一個不是平臺的平臺，門板大小的地板，經過他的整修，花鳥蟲魚，各安個家。魚池、黃金葛、茶具樣樣都有。兩旁的牆壁，甚而垂下一長串的吊蘭。一片濃密的綠裡，你看到他的笑，安之若素，春風拂面。

晚，友人相邀。燈光柔軟，菜餚香。你聽聞她的女兒期末考得了第一名。你看到世俗裡的好，開成一朵香香的花；你聽到夏夜的蟲鳴，漸次嘹亮。

夜深，你因一隻蚊子的擾，睡了，又醒。打開社群軟體，看到朋友轉載電視劇的唯美畫面。愣在男女主角深情的對話裡，只覺得時光如斯，真愛如畫。

推窗，一輪圓月懸於天際，白潤的臉龐，晶瑩無瑕。你看著它裊裊婷婷，穿雲過霧，一些歡喜，在心裡，淺淺漾。你忽然覺得有許多話從心裡冒出來，止也止不住，情不自禁打開電腦，要把這些日常的好，變成一個個美麗的字。

你恍然成為富翁，幸福和愛，琳瑯滿懷。

你相信，文字在，美好在，每一天，每一篇，都是最好的日子。

幸福，就是傻瓜遇上笨蛋

小雅嫁給溫文的時候，大家笑她傻。溫文有什麼好的呀？不高，不帥，瘦成一條竹竿，風吹就倒。何況，他不會甜言蜜語，不懂八面玲瓏，更要命的是，窮，連間像樣的房子都沒有。

傻，真傻。小雅的朋友唉聲嘆氣，為她感到不值。怎能不傻？在大家拚了命想找「高富帥」的時代，小雅硬是幫自己找了個「魯蛇」，且開開心心地嫁了。

按照小雅的話來說，溫文很好，有一顆水晶一樣的心。心？幾斤幾兩？值多少錢？小雅的朋友們看都不看，「嘁」的一聲，笑得彎了腰。

小雅並不動搖，想，傻就傻吧，傻人有傻福呢。

婚禮很簡單，誓言很普通。溫文對小雅許下心願：不求富貴，不求名利。傾其所有，對你好。

一句「對你好！」讓小雅的眼睛水霧濛濛，怦怦跳的心，忽然安靜。她握住溫文的手，彷彿握住天長地久。外面，陽光鋪滿大地，微小的塵，在陽光下快樂地飛舞。一些望得見的好，在玻璃窗上閃爍著。

婚後的日子，凡塵中的俗世，柴米油鹽，買菜煮飯，溫文樣樣拿手。他一頭栽進廚房，油煙四濺地忙碌。偶爾，小雅也想幫忙，跳進廚房說要洗菜，溫文一把將她推出去，說，這裡都是油煙，你會被燻到的。小雅便心安理得地享受溫文為她準備的佳餚。

所謂佳餚，不過是一盤青菜、一盤豆腐、幾片豬肉。小雅對吃並不講究，只要溫文煮的，就是好吃的，常一臉幸福地讚嘆：真美味！溫文笑得開心，整理小雅的瀏海，說，傻瓜，這算什麼，等我有了錢，帶你吃大餐。小雅笑，說，不愛大餐，就愛溫文煮的青菜豆腐！

一頓平凡的家常飯，小雅和溫文吃得甜甜蜜蜜。

溫文沒錢，貸款一部分，也只買了不到二十坪的老房子。別人家的房子，高樓大廈，明亮寬敞，豪華又氣派。小雅呢，窩在不到二十坪的老房子裡，轉個身都困難。溫文內疚，說，委屈你了，小雅。

小雅偏不覺得委屈，揚起臉蛋，朗朗地笑：「只要在一起，哪裡都是天堂！」

每每這時，溫文就會沉默，溫柔地摟住小雅，用臉頰摩挲她的腦袋。世界安靜，時光紛紛，兩顆怦怦躍動的心，彷彿鼓點，彷彿天籟。

日子一天天走，一年年過。煙火尋常，小雅過得風吹雲動，安心知足。溫文一如既往對她好。小雅珠圓玉潤，白裡透紅的臉蛋，更勝從前。即便有了孩子，小雅依然如少女一般，不諳世事，不懂人情，天真爛漫宛若十八。

溫文的親戚們看不下去了，直罵溫文是笨蛋，娶了老婆，什麼事都自己做。這不是要把老婆寵上天了嗎？

親戚們說得有理，小雅從沒做過家事，家裡的事，一問三不知。她每天打扮得漂漂亮亮，像一隻花蝴蝶，傻傻地快樂。

小雅賴床，冬天的早晨不願起床，溫文煮好早餐送到臥室，不厭其煩；小雅愛吃水果，下雨天的夜晚想吃梨子，溫文二話不說在雨中找梨子；小雅心疼娘家的媽媽，溫文把好吃好用的買來孝敬丈母娘……

去旅遊，溫文幫小雅規劃好路線，預定好旅館；去醫院，溫文幫小雅早早地掛了號，預約最好的醫生；去公司，溫文天天用車子開過去，接回來……

多年的依賴成習慣，以致於，大事小事，小雅通通喊：「溫文——溫文——」溫文是小雅的超人，總是在第一時間，幫小雅將所有的事情通通辦好。溫文在，世界在。小雅活在溫文的保護傘下，成了一個快樂的傻瓜。她不會煮菜，不會開車，不會訂火車票，不會繳水費、電費……甚至，坐公車，溫文都要事先將路線查好。

生活是蜜罐，沒有豪宅豪車，沒有名利錢財，只有一顆最美最好的心。那顆心，全心全意想著小雅，一心一意愛著小雅。小雅覺得幸福。她不羨慕，不比較，活在快樂中。

溫文呢？穿舊衣，吃剩菜，節儉至極，勤勞至極。笨，果然笨。心甘情願地笨，勇往直前地笨，幾十年如一日地笨。他總笨笨地說，除了一顆心，別無所有，願意為了小雅，笨到天長地久……

那年，溫文考上公務員，到了新公司。溫文不會察言觀色，不懂八面玲瓏，只知道埋頭苦幹。公司裡的重活、苦活都讓他做了。他也無怨無悔。

偏偏，溫文的主管，喜歡這樣的人。主管覺得溫文做事穩重，不聲不響，卻將事情處理得漂漂亮亮。居然提拔他為幹部，笨笨的溫文年年晉升，且還是一個基層主管。

職位雖小，也有小小的權力。

溫文還是笨，踏實地工作，不阿諛奉承，不收受禮物。人在背後指指點點，說新來的主管真怪，不懂審時度勢，不貪圖便宜。這年頭還有這樣笨的人，稀奇，真稀奇。

溫文只當沒聽到，覺得笨一點，很好。活得坦蕩蕩，大大方方，才能有長久的好日子。

小雅也覺得溫文笨得可愛，她總說，有職位，可不能學壞。我們什麼都不要。乾乾淨淨的薪資，夠花了。白飯，青菜豆腐，日子清澈見底，非常好啊。

十年，眨眼而去。

小雅和溫文結婚十週年。曾經笑小雅是傻瓜的人都羨慕小雅，說，小雅你找了個世界上最好的男人。

當初，說溫文是笨蛋的親戚也寬容地誇小雅，雖然家事做得不多，心地卻善良，且對溫文很好呢！

幸福，就是傻瓜遇上笨蛋。

溫文和小雅，在往後的日子裡，繼續著傻瓜和笨蛋的童話，他們的婚姻將會迎來二十週年，三十週年，四十週年……

小雅相信，傻傻的快樂，笨笨的開懷，如塵埃中的花，不停地開呀開……

斯人如彩虹

為了參加一個比賽，我來到陌生的城市。天已傍晚，冰涼涼的雨絲一簾又一簾，撲面而來。

陌生的大道，車子碾著泥濘疾馳而過，呼嘯的聲音，飛濺的泥水，交織忙碌。

我瑟縮著身子，躊躇而小心地挪著腳步，一手撐著搖搖欲墜的傘，一手提著重重的行李，望眼欲穿地尋找公車站牌的蹤影。

一輛又一輛的車從眼前疾馳而過，像飛出的子彈一般。

沒有我要找的公車站牌。

真怕自己一不小心就被車颳起的氣流捲走。

雨越下越大，天越來越黑，車越開越快。大道上的我越來越渺小，異地的冷慢慢將我圍攏。

車燈一閃一閃，凌亂的雨絲也一閃一閃。我尷尬極了，不知為何找不到公車站牌。

有人善意地提醒我，公車站點離這裡還有一大段距離，建議先騎腳踏車到公車站，再轉搭公車到目的地。

我向她道謝，開始尋找腳踏車。

這時正好有一輛計程車經過。司機知道我的情況後，滿臉笑容地說道：「上來吧，我載你一程。」

坐到了計程車上，雙腳放鬆，雙手放鬆，倚著靠背，緩緩地舒了一口氣。這時，我竟不覺得冷，也不覺得累，聽著車聲，望著司機的背影，莫名溫暖，莫名踏實。

路不大好，彎彎拐拐，拐拐彎彎，到公車的站點，花了將近二十分鐘。這麼遠的路，他只收我五十塊錢。我不禁對他看了又看，他的臉極其普通，走入人群便淹沒，唇邊一抹笑，和藹可親。

站在他幫我指定的公車站點，耐心地等著公車。一輛又一輛的車從前面開過，我要搭的那班公車卻杳杳無蹤。十五分鐘過去了，依然不見公車的蹤跡。我開始懷疑，問旁邊的路人，路人用驚訝的眼神看了我一眼，說：「這個站牌根本沒有你要搭的那班公車！」我不可置信地仔細核對站牌上所有公車的號碼與路線，果然沒有！

心，在剎那間五味雜陳。對計程車司機所有不好的回憶湧上心頭。我向來對勞動者懷著一絲敬意，然而，計程車司機的惡劣讓我的敬意消失殆盡。

「居然騙人，簡直太可惡了！」我喃喃地咒罵。剛才那位司機和善的面容在心裡變得猙獰。人世間最基本的信任遭遇了此刻的錯誤，單薄如飄搖的雨絲，搖搖欲墜。正當我不知該如何是好的時候。只見，一輛計程車急匆匆地從遠處駛來，是的，就是剛才那輛載我來的車子。司機見到我的那一刻，長長地舒了口氣，說：「還好，你還在！真對不起，這班公車以前是在這個站點的，現在改路線了，我也是剛剛才知道，來，快上來，我載你去新的站點！」

我驚訝地看著眼前充滿歉意的臉，一絲火熱竄上臉頰，為自己惡意地揣測而羞愧地燃燒。

車子在暗沉的暮色裡劃破雨簾，昏黃的車燈閃著雨絲縷縷明亮。很長、很長的一段路後，終於到了新的站點。剛好，公車轉過路口的彎道出現了。司機指著車子，對我笑：「很湊巧，你到了，車子也到了，快上車吧。」我把錢遞給他，他卻赫然地擺擺手。我一再地堅持，他還是堅定地不收，只是憨厚地重複：「你剛才已經給過了，快上車吧！」

我捏著遞不出去的錢，手心暖暖的。一個人在異地的冷寂與孤單，隨著手心的暖意漸漸退卻。

雨不知何時已經停住，暗黑的雲悄悄褪去，天邊出現一抹亮光，絢麗、斑斕、柔美，如同彩虹……

寶貝

當我拎著一把青菜卻無法爬上樓梯之時，想起六歲那年出水痘，她端著一碗甜甜的水煮蛋，說，乖，不怕，吃了雞蛋，身體就會好！

那碗水煮蛋又甜又香又軟，結合在童年的記憶，熱騰騰。現在跑出來，哽在我的喉嚨，塞滿口腔，變成喘氣聲跑進又跑出。

一顆白菜，為什麼那麼重？它像八爪魚扯著我的手，扯著我的腳。樓梯的攀爬，顯得艱難異常。

爬到五樓，的確是「爬」，我將白菜扔進廚房，將自己扔進房間的床，狼狽的模樣彷彿是一條離開水，張著嘴巴，渴望呼吸的魚。

我撥通了她的電話。「喂，寶貝！」是她的聲音。這麼多年，她一直叫我寶貝。

我又想起，四歲的時候，她要到河對面，我拉著她的衣服，哭天搶地要跟去。她沒辦法，只能將我帶上。走街，渡船，一船的人擠在一起，搖搖晃晃。她將我緊緊摟住，對著大家笑，這是我的寶貝，性子可倔強了。

回想起她叫我「寶貝」的模樣，彷彿望見多年前的河，亮閃閃，清凌凌，舀一舀，水珠「吧嗒吧嗒」落下。我的手，真的溼了，用袖子擦一擦，卻是眼眶裡的淚無端地跑出來，我說，媽……

這個字，擠在口腔，吐了一半，留了一半，受了委屈一般，說不出口。

「寶貝，怎麼了，媽在，媽在！」她的聲音惶恐不安，又驚又疑。

「我沒力氣，走不了路，爬不了樓梯，媽！」身體裡的訊息，在這一刻攤開，我在自己的敘說裡，看到天邊的夕陽，像血一樣紅。

是的，像血一樣紅。當我在草原，風沙割過臉龐，身體裡某一處鮮血衝破常規，崩塌一般傾瀉而出。我聽到自己的心跳「咚咚」地擂起。手抖了，腳顫了，眼睛模糊了，迷迷糊糊中我的嘴唇發出了「媽媽」、「媽媽」的呼喚。這兩個字馱著光，帶著暖，乘著絳色的雲朵輕輕降落。

青草溯流，野風回舞。草原的腹部，吐出紫色的野花，一朵朵。它們如我一般，脆弱、嬌小、忐忑，齊聲呼喊：「媽媽！媽媽！」耳膜鼓盪，血液流淌，我的眼睛有紅色的迷霧炸開。在遙遠又偏僻的地方，我彷彿聽到她的發音，她說：「寶貝，寶貝。」

寶貝，寶貝，無數的「寶貝」輕輕地晃，像花蕊中的露，像清風裡的光，像草原裡飛跑的羊……我想，我是眩暈了。

「別怕，別怕，媽媽在！」電話裡，傳來她的聲音，又急又憂。放下電話，思緒飄搖。五歲那年，感冒，發燒，要打針，無論如何都不肯，拉壞她好好一件花襯衫。歇斯底里過後才發現，打針其實並不痛，就像蚊子咬一樣，而她的手背卻留下我的抓痕，青紫的色，深深的印。

我乖乖地匍匐在她的背上，她的心跳「咚咚」地傳來，撞到我的耳膜，我的臉紅了，耳朵熱了，不好意思地垂下了頭。

一路上，她逢人便說：「這是我的寶貝，性子如辣椒，終於安靜了，可惜了我這好好的花襯衫……」

花襯衫？我看到閃著金光的蝴蝶從眼前飛過，又看到無數的星星在眼睛裡亂舞。搖了搖腦袋，一波黑暗襲來。

我想，我是生病了。可是，此刻，卻不害怕了，因為她，在趕來的路上。

我好像睡著了，又好像沒有睡著，一雙耳朵緊緊地豎著，樓梯裡細微的聲響，敏銳地傳來。果然，她來了，踢踏，踢踏，踢踏，一腳重，一腳輕，她的腳步聲我永遠記得。

她開了房門，直奔我而來，和暖地笑，輕輕地說：「寶貝，寶貝，媽來了……」

我笑了，消失掉的力氣，忽然又回來了。

陽光如雨，秋風似露，眼前的一切，彷彿夢。夢裡，我蓋著被子，輕輕地喊，媽……

她下了樓梯，去了菜市場，桂圓、龍眼、當歸、枸杞、里肌肉……大包小包地買。

我的冰箱變得滿滿的，她堅信，只要吃好了，我的身體也就會養好了。

醒來，她已經煮好煎蛋桂圓湯，送到我面前，說，吃了吧，很甜呢。

咬一口，湯汁漫流。真的甜。

你當初坐月子，就愛吃這個，媽一直記得。她笑了，明暖、輕快、柔和。我點頭，霧氣跑進眼睛裡，癢癢的。身體裡某一處記憶，桃花一樣綻放。

我的脆弱，在她的美食治癒下，悄悄融化。

她呢？一雙手，一刻也不閒著，矮胖的身子在狹窄的房間移動轉身。桌子、椅子、櫃子、沙發、抽油煙機、電風扇……每一件物品，她都擦得閃閃發亮。甚至，我衣櫥裡的衣服，也要一件件整理得整整齊齊。

而廚房，她終身服務的地方，油鹽醬醋，井然有序。「滋啦滋啦」、「嘩啦嘩啦」、「淅瀝淅瀝」，各種聲響，交錯起伏。

蘆筍、大豆、黃魚、青椒、南瓜、白帶魚……各種菜餚，變成美味端到我面前。

她的嘴角含著笑，總有辦法，將煮飯這件在我看來異常繁瑣的事做得雲淡風輕。

我說：「媽，辛苦了！煮菜好麻煩。」她道：「有什麼麻煩，再方便不過了。」

我佩服她的花樣，絕不重複，每一樣小菜，清淡可口。她總盯著我說，慢點吃，吃多點。我每吃一口，她的笑意便深一層。

小時候，我四歲，或者五歲，她端著一碗飯跟在我後面跑。我不聽話，含著飯，東跑西跑，她拿著湯匙，耐心地跟在後面，討好地說：「寶貝，乖，再一口！」我有時聽話，有時不聽話，偶爾再吃一口飯，她便樂得眼睛瞇起來，不停地誇我：「寶貝，真乖！」

現在，她七十多歲了，她依然叫我「寶貝」。

我想念家鄉的拉麵，我說的時候比了手勢，覺得自己可以吃整整一大碗。

她信了，又跑出去買麵粉，和麵、揉麵、切麵、拉麵，整整一小鍋，她說，寶貝啊，媽的手藝有進步，不信，你嚐嚐。

是的，她做的拉麵，均勻細長有嚼勁，一咬一個香……

寶貝，你整整吃了一大碗啊……她看著我喝完最後一口湯，眉毛眼睛跳著舞，唇邊的笑，意猶未盡……

第三輯　如你所願，過好每一天

這是我想要的小日子，有大把的時間自由支配，買菜、烹飪、洗滌、閱讀、寫字、聽歌。孩子依偎，他在身側，書架上的花，一朵一朵開，窗外的月亮一寸一寸飄……

小日子

我們夫妻倆就同坐窗下，
她繡她的花草，
我裁我的皮包。
窗外落葉無聲，
屋內時光靜好，
很有一種讓人心動的美感。
……

讀著這段文字，我在陽臺，看書，聽鳥鳴；他在廚房，沖洗青菜，醃製白蘿蔔；女兒呢，書桌前坐著，認真思考作業，一支筆在手中時而轉，時而旋。

時光如水，清澈見底，細節裡的脈絡，纖細顫動。這樣的日子，靜謐，祥和，平淡，讓人歡喜。

人們稱這樣的日子是「小日子」。日子前加了個「小」，無端生動，安謐裡洋溢明媚，煙火中透著恬靜。

小時候，媽媽叫我，不叫全名，她叫我「小霞」，一個「小」字，聽著溫暖，三分親切，三分寵溺，還有三分愛憐。

小日子，輕讀這三個字，如含甘露般的荔枝，輕輕一咬，香甜的汁，帶著「小甜蜜」、「小確幸」、「小滿足」在口腔裡滿溢而來。

小日子，細微、尋常、精緻、玲瓏，沒有轟轟烈烈，沒有鮮車怒馬，卻是潤物無聲，細水長流，彷佛新鮮的空氣，彷佛花間的雨露，彷佛夜夜懸在頭頂的月亮。

小日子裡遍布柴米油鹽，遍布安康喜樂。你在，我也在，你做你的事，我做我的事。花開著，鳥叫著，我們放下手中的事，相視一笑。小小的懂得，小小的情意，小小的交流，日子輕盈圓潤，有了溫度。

如果，你年輕氣盛，如果你嚮往遠方，你會看不到「小」，你會對「小」嗤之以鼻。你以為，未來充滿幻想，海闊憑魚躍，你以為沉迷小日子會消沉意志。

唯有經歷歲月的沉澱，看過繁華，嘗過離聚，才會珍惜小日子的飽滿與生動。

外公與外婆，高齡九十的兩位老人，守著小院子，過著小日子，讓人羨慕。

小小院落，白菜青，絲瓜翠，水嫩的蔥掛著露。外婆踮著腳，將剛洗過的衣服往繩子上一晾，外公抓一把細米灑向地面，一個說，老頭子，把今天母雞下的蛋，好好放著。一個說，老太婆，馬鈴薯差不多熟了，挖起來，週末讓孩子們嚐嚐。

小日子是什麼？只不過是平平淡淡的碎語，有一句，沒一句，牽著絲，拉著線，交織著歲月靜好。

小日子裡最大的好，便是彼此一直相互陪伴，相互扶持。

那年，外婆摔倒，腿骨折，外公在手術室外，盯著手錶的分針，不敢呼吸。等到手術成功，外公喜極而泣，一雙老眼，淚花灼灼。

這便是生活，任何人都不確定下一刻會發生什麼？將小疼痛，小心酸，小傷感，一一釋懷。淡泊寧靜，樂觀知足，將小日子過成細細的水流，輕輕的風。

這便是好。

朋友小琴，擅長養花，擅長讀書，擅長寫字。她的喇叭花、吊蘭、銅錢草，娉婷生動，發芽、抽莖、長葉、開花，她用照片一一記錄。她亦常寫字，寫日常，寫瑣碎，寫平淡的似水流年，她筆下的文字，深情、精緻、飽含深意。她一直努力，用柔軟溫潤的心將小日子恢復活力，將疲憊趕走……

那個叫彼岸的女子，讓人羨慕。她常年居住在小鎮裡，讀書、寫字、煲粥、插花，一身棉麻的衣服，空蕩似風；一襲牽牛花，繁盛似錦。她將世俗盤剝，坐在自己的意願裡，將文藝與美學情調融入小日子。生活雖然平常，卻也密布吉祥，日子即便瑣碎，依然靜謐美好。

常常，她坐在院子裡，看日升日落，看絲瓜與向日葵競相開放，看牽牛花的帷幔纏繞如簾。

如此這般小日子，質樸簡單，深情迷人，彷彿綠色的植株，新鮮、蓬勃、恬靜。

年歲漸長，不喜歡熱鬧，不喜歡與人往來，唯獨喜歡在小日子裡的怡然自得。清晨，去菜市場，擠在攤位前，挑選、詢價、過磅，沒一會工夫，左手大西瓜，右手豆腐、玉米、九節蝦，沉甸憨實，雖然重，但一想到女兒大呼好吃的樣子，忍不住微笑。

廚房裡，油煙四濺；陽臺上，衣服飄蕩；書桌上，一杯綠茶，裊裊飄香。

這是我想要的小日子，有大把的時間自由支配，買菜、烹飪、洗滌、閱讀、寫字、聽歌。

孩子依偎，他在身側，書架上的花，一朵一朵開，窗外的月亮一寸一寸飄……

寫下這些字的時候，忽然想起牛郎織女，他們一生所求的，不過也是平凡安穩的小日子，而已。

沈復的《浮生六記》讓那麼多人喜歡，亦是因為日常。布衣蔬食的歡愉，柴米油鹽的瑣碎，夫唱婦隨的情投意合，此種小日子，讓讀者羨慕嚮往。

浮生若夢，為歡幾何？

耳邊不禁響起一首歌曲：

記得你愛穿白裙子
我最喜歡你的大辮子
站在河裡光著腳丫子
數著天空飛過的小燕子
一起坐在家的小院子
你笑我變成老頭子
我笑你變成老婆子
……

聽著，莞爾。這樣的小日子，處處尋常，遍地瑣碎，隨手掬來，珠子琳瑯，祥和、溫潤、深情，閃閃發光。

歌者

1.

社區門口，有一座庭園。

這座庭園有好聽的名字——梅石園。園子不大，假山、亭子、魚池，玲瓏剔透，頗為雅緻。

園中有各種植物，杜鵑花、梔子花、桂花、梅花，按照節令，不停歇地開。一彎紫色的長廊，頗有年月，鏤空的扶手，斑駁有痕。廊下有池，池中有魚，火焰一般，攪動池水，搖擺不息。

社區裡的老人們，用過早餐，踱著步伐，慢悠悠地來到庭園。他們背水壺、拎水果、拿二胡，三三兩兩地聚在長廊上。

敲鑼、打鼓、拉琴，一陣鏗鏘的開場鑼點，二胡的弦上滑出清麗的音。也就有人站在了長廊的中央，丁字步、蘭花指，挺胸抬頭對著假山、桂樹，裊裊地開唱了。嗓音略老，高音懸空，偶爾接不上；低音阻滯，時而下不去，風中，他們的白髮微微顫抖，他們的動作稍顯僵硬，他們的氣息，時有不足……

但是，有什麼關係呢？

庭園，是他們的舞臺，他們是自己的歌者。唱、念、做、打，有模有樣；每一個旋律，裊裊不絕。人的心，纏著千絲萬線，隨著宛轉的唱腔，走遍萬水千山。

經典的片段在庭園裡一段、一段地上演，吹拉彈唱，戲劇的世界裡，老人們沉浸、感受、演繹，一板一眼，一招一式，絲毫不馬虎。

歌聲婷婷，在庭園的上方，縷縷遊走。如同水袖，波浪翻捲；似乎細絲，渺渺抵達。看著，聽著，心裡有歡喜，淺淺漾起。

2.

走出社區，直走，右轉或左轉，都到一條小巷。

正是秋天，碩大的梧桐葉，微微蜷縮，一邊黃，一邊綠，風一吹，嘩嘩地落下。忽然，角落裡傳來歌聲。草芽上的露珠一樣，純淨無瑕，隨心所欲。再聽，一些歌詞快樂地跑來，新開的泉眼一般，細細的流，汩汩的水，前仆後繼。

循著歌聲，去尋找。角落裡，看到她——小巷的清道夫。

她在打掃，面帶微笑，一邊工作，一邊歌唱。手中一把大大的掃把，「唰唰」地觸過地面，落葉在她腳邊堆積，金黃的雲朵一般。她在葉片的中央，神情自若，彷彿登上金黃的舞臺。

不知不覺地停下腳步，不知不覺地對她行注目禮，不知不覺地想到詩句——此心安處是吾鄉。不忘初心，方得始終。

她橘黃的工作服、碩大的掃把，映襯滿地梧桐葉，竟有一種說不出的美。

3.

樓下，新來一家賣菜的。

那賣菜的老闆娘，愛笑，牙不算美，嘴巴也闊，卻不在意。她帶著圍兜，坦蕩蕩地笑，兩個酒窩，落入雀斑，幾顆，淡淡的，洋溢著俗世的好。買菜的人多，她不慌不忙，一邊招呼，一邊拿菜，身手伶俐，腳步輕挪，如耍雜技的大師，絲毫不差……

午後，顧客稀少，老闆娘站在或紅或綠的蔬菜之間，一邊俐落地整理，一邊輕輕地哼唱。

我以為聽錯了，再一抬頭，果然有歌聲從她的嘴裡，嚶嚶地跑出來。

她淺淺的雀斑，略黃的頭髮，都因為這不知名的曲，無端地溫柔。紅的蘿蔔、綠的白菜、紫的茄子，一捆捆的大蒜與芹菜，恍若躺在水波之上，綠的更綠，紅的更紅，白的更白。

或許，並不動聽，只是一些細小的旋律。可這簡單粗糙的哼唱，無端地讓人駐足微笑。

有人問，老闆娘，是不是賺了很多錢，竟高興得唱起歌？

她的嘴咧開了，說，哪有可能呢？小本生意，早出晚歸，辛苦得很。唱歌，只為讓自己忘記疲勞吶！

原來，小小蔬菜店，亦是折騰人的。凌晨兩三點起床，買貨、裝車、運輸、卸貨、整理，再一一過磅、裝袋，分散到顧客的手中。

睡眠不足是經常的事，但是，明明，她又有精神的。

在白的蘿蔔，綠的扁豆面前，她的歌聲，娓娓地傳出來。

我彷彿聽到一攤子的蔬菜也在輕輕哼唱，執拗、明麗、歡快。

4.

出門，右轉，走幾步，便到了另一條街道，這條街頗有年月。

與熱鬧的鬧區街道相比，這條街顯得清幽美麗。街道兩旁的店鋪，或文藝，或古風，或情調，顧客稀少、店鋪安靜。

街道一角，有歌飄來。

那歌，沙啞、粗獷、磁性，帶著一股北方的闊達，一聲又一聲撞進耳膜。心，莫名地漏了一拍，彷彿似曾相識。

站住、聆聽、沉浸，滄桑的氣息，迎面而來。這歌聲，些許寂寞、些許凜冽、些許柔軟，雪花一樣輕輕落下，讓人想起遼闊的草原。

耳朵被歌聲所牽引，不知不覺走到面前。也就看到那位寒風中的歌者，衣著落魄，神情自若，彈著吉他，低著頭，深情地演唱。

並不在意有沒有人聽，也不在意有沒有人鼓掌，甚至，不在意是否有人將錢投在那個敞開的吉他盒。

他在自己的世界鮮車怒馬。歌聲為屏，旋律為帳，隔離萬丈紅塵。音樂的世界，忘卻前世與今生。只有歌聲，唯有歌聲，是他一個人的詩集，一個人的月光，一個人的錦繡。

他從何處來？又將流浪去哪裡？他的臉映在燈光下，模糊又堅毅。

歌聲繚繞，不絕於耳。他還在唱，為古老的街，為斑駁的牆，為迎面而來的風，盡情地、淋漓地、忘我地唱。

美麗的歌聲，河流一樣飄蕩整條街。

一條街的音符，風中飛舞，替偶遇的每一個人，送去燈盞一般的光亮。

人間四月有芳菲

1.

四月，湖邊的花草繁榮出一大片，又繁榮出一大片。

初春的美麗從那片溫柔的二月蘭開始。像煙霧一般，瀰漫著、延伸著、滲透著。風來，如浪湧動；雨來，氤氳迷濛。看著，看著，看著，彷彿自己也是其間含笑的一朵，纖纖細細，搖曳歡笑。

一部由小說改編的電視劇裡，一名少女說：我有一簾幽夢，誰能解我情衷……

這樣的二月蘭，也是一簾幽夢吧。

還沒從二月蘭的夢裡驚醒，又發現一片片白色的蝴蝶花開了。低低矮矮的蝴蝶花，一朵又一朵，一片又一片。細長的葉子靜默垂下，無數的「蝴蝶」白翅翩躚。看了這一隻，漏了那一隻，賞了這一堆，還有更多的一簇在遠處招手，真可謂目不暇接，美不勝收。

繡球花也擎起胖嘟嘟的拳頭，圓溜溜，蓬鬆鬆，隆重開放。一個一個「繡球」微微搖晃。誰家女兒的心事躲在小小的「繡球」裡呢？風來，簌簌抖動，似乎，還真的羞怯起來了，似乎還真的嬌嗔起來了，似乎還真的花團錦簇地扭捏起來了。

不禁啞然失笑。

湖邊的紅梅花早已謝了，只有幾片花瓣在樹底下暗暗地紅著。柳樹卻忽地碧綠，那麼多，那麼多，像一排排綠色的風。

最美人間四月天，細雨點灑在花前。每一朵花都在竭盡全力地開放，每一株草都生機勃勃地生長，呼吸著香甜的空氣，行走在四月的春光裡，彷彿也成了花，成了草。

2.

常在湖邊流連。有時會遇見一片片柳絮，漫天漫地，毛茸茸，輕飄飄，甚是可愛；有時會遇見一群群圓圓的小蝌蚪，甩著細長的尾巴，攪碎了池塘裡的一角天藍；有時會遇見一隻長尾巴的鳥，從這棵樹優美地滑翔到那棵樹。

還有野貓，一點也不怕人，綠葉紅花間悠然踱步。

也有夕陽。一點一點染紅半邊的天。圓圓的落日像火爐中淬鍊過的烙鐵，那麼紅，那麼美。

落日一點一點墜下。把山染紅了，把湖揉碎了，把柳鍍金了，把人迷醉了。如何才能剪裁那西下的夕陽？再好的畫家也無法臨摹！每分每秒，又悲壯又壯麗，看得人驚心動魄。

柳樹爍爍，小舟杳然。夕陽一點點沉沒，唯有，湖面的波光，萬頃溫柔。

3.

帶著女兒去湖邊放風箏，小小的身形氣喘吁吁地跑著，大大的風箏高高地飛著。那風箏隨風展翅，飛翔的姿勢，真美。小丫頭滿臉紅暈，笑著的模樣，真美！

總是坐在花叢，賞花，更是看人，看我的女兒隨風舞動的童年映入藍天。跑著，跑著，風箏落地了。總會有熱心的人過來教她怎麼放得更高。飛著飛著，風箏掛在櫻花樹上了。總會有善良的人幫她取下。

遠遠地看，輕輕地笑。那時風景，如絲如縷，鐫刻。

牽著女兒的手散步，從一棵一棵的花樹下走過，遇見扛相機的人，要幫我們拍照。「來，這裡很美，我幫你們兩人拍照！」那人是一長者，儒雅的模樣，瞄準我和女兒，慈祥地笑。拍完一看，取景果然很不錯。感激一笑，告別！

繼續前行，女兒吹著泡泡，迎風而舞。一位阿姨不知什麼時候舉起相機「咔嚓咔嚓」地拍起來。她說：「你的女兒真漂亮。你看照片裡的她是不是很美、很美呢？」

果然，一串泡泡映著夕陽五彩繽紛，女兒的微笑燦爛生動。「我把相片傳給你！」阿姨熱心地說。

我在一張小紙條上寫下了聯絡方式，慎重地遞給她。「只要這張小紙條沒丟，我一定會傳給你的！」阿姨一再地保證。我相信阿姨的話，一如相信年輕時的她，秀美如花。

彼岸花開

秋天，一年之中最美的時節。

秋天的湖畔，哪一處都有彼岸花。它們孤獨又倔強，熱烈又決絕，或者三五成群，或者顧影自憐。紅豔豔的臉龐，淡淡的憂傷，讓人情不自禁地讚嘆，這裡有一朵紅花，那裡也有一朵紅花，怎麼那麼好看呢？

彼岸花，初喜歡它，只因這個名。花開彼岸，彼岸花開。緋紅若霞，繁茂似傘。鮮紅的花瓣微微上翹，像怒號的爪子，如不屈的脊梁，長長的細蕊叢叢伸張，如血鮮豔，似砂斐然。

附近的草地上大片彼岸花綻放，蓬勃地不像話，那麼紅，那麼紅，彷彿是紅色的毯子在秋風裡鋪開，再鋪開。

一朵朵，一簇簇，一叢叢……隨著秋風的腳步，花朵的數量在遞增。更加浩蕩，更加深情，更加妖嬈顯眼，看著看著，竟看出離別、看出疼痛、看出傷心，似乎倔強在花的顏色裡霍霍生長，似乎執著在花的枝頭悄然滿溢。花朵用它開放的模樣，表達內心的語言。

每到這時，總不願，立刻離開。只願，朵朵彼岸花，再多延續一會荼靡的花事。

一年又一年的彼岸花在湖的角落，自開自落，嫣紅如錦。我鍾情於它，賞了它的熱烈竟再也看不上其他的花了。玉蘭嫌俗氣，杜鵑嫌不夠鮮豔，桃花根本沒有空靈的絕色。唯有，彼岸花，只念一念這名字，不由人就傻了。

彼岸花開，在彼岸，遠遠地看，靜靜地望，無法抵達，不能相見。這樣的疼痛，多麼像愛情。

相傳以前有兩個人，他們的名字分別是彼和岸。一個貌美如花，一個英俊瀟灑，一見鍾情，傾心相戀。然而，他們的愛情違反了天庭的規定。於是，天庭把他們分別變成一株花的葉子和花朵，有花不見葉，葉生不見花，生生世世兩相錯……

又相傳守護彼岸花的是花妖曼珠，葉妖沙華。他們守候了幾千年的彼岸花卻從來沒有見過面，瘋狂地思念彼此。一日，他們違背了神的旨意，偷偷見上一面。那一年的彼岸花綠葉碧碧，紅花灼灼，分外耀眼美麗。神知道後，他們被打入輪迴，並被詛咒生生世世永不相見。

……

花開一千年，花落一千年，花葉永不相見，情為因果，緣定生死。彼岸花開在一個又一個的傳說中，它的身上背負了傳奇的悲劇色彩。那磨不開，化不掉的相思；那分不開，隔不斷的情愛都化為肆意噴薄的紅豔，如龍爪微張的花瓣，昂然翹首的花蕊，耿耿挺直的花枝都在申訴，為相思，為守望，為生生世世的抵達。

佛說，花開彼岸本無岸，花葉千年不相見。

佛說，無生無死，無欲無求，生死彼岸難成全。

……

又是一年秋風起，湖的各個角落彼岸花開，一朵或兩朵，是誰的相思不散？若水河畔，奈何橋邊，彼岸花，一路緋紅，一路殤。

「彼岸花，此岸心。看見的，熄滅了；消失的，記住了，開到荼靡花事了。」誰寫的句子，如此愴然，那些悲涼如秋天絡繹不絕的葉，一枚枚遊進心裡。

……

悲劇向來最能攫取人心，遺憾永遠是最美的版圖。因為這傳說，因為這詩句，彼岸花更加地迷人。

它開在秋天的風裡，一朵又一朵，讓人痴望，讓人嘆息。

秋風來

1.

秋來了，派遣了風。

風在前，風在後，風在髮梢，風在裙角。樹葉飛，噙著風的笑。風的腳印，布滿天，布滿地，布滿天與地的空隙。

一片落葉，一朵微笑。風，是風的微笑。

風的笑，潔淨，空曠，明亮，呼——呼，呼——呼，是空中的泉在傾瀉，是雲中的月在流淌。神清了，氣爽了，人平和了。走入風的笑，滿身的塵埃，簌簌地落下。小名、小利的紛紛擾擾，小恨、小愁的來來往往，都在風裡，一一躺倒。

風的笑，扶著籬笆，繞過裙襬。大大的擺，纖纖的腰。轉圈，能兜住風，兜住風的笑。裙子卻有些許重，一層，兩層，還有第三層。漸漸地，穿著美麗的裙，卻失去了自由的行。長長的裙襬拉著你往下拽。肩膀重了，腳步慢了。迎風起舞的美麗，成了套著枷鎖的微笑。

裙子的裡三層外三層，是否如人之欲望？熙熙攘攘地奔，忙忙碌碌地追，多少名利，披著迷人的光，惘然你的心？想到那隻沒有腳的鳥，飛在風中，眠在風中，死在風中……

人啊人，是否真的經歷過生與死的洗禮，才會懂得，平安與平凡的珍貴？許多時候，許多的人，想著車，念著房，攬著權，謀著利。忙忙碌碌的光鮮，是拉緊的弦，是投擲的梭。

實在和以前不一樣了。以前願意為美受罪。踩著高高的鞋子，穿著緊緊的衣服，不怕腳痛，不怕束縛。只要美麗就好，美麗是別人看得見的虛榮，而疲勞是自己才知道的真實。年輕時，活在別人的看法裡，禁錮在別人的讚美中。而心，自己的內心，卻用虛名層層掩蓋，不聞，也不問。

年歲漸長，漸漸地放棄一些美的原則，比如鞋子，比如衣服。年歲漸長，漸漸地遵從自己的內心，比如安靜，比如獨自。

鞋子要平緩，衣服最好是棉麻。不能勒太緊，不能太累贅。輕便，舒服，是所有穿著的主題。

不討好，不從眾。不去太熱鬧的地方，不結交陌生的人。在自己的世界裡，一本書，一首歌，獨自安靜。

想到一名作家寫過的野生的樹：寂寞，努力，肆意。沒有束縛，沒有修剪，野氣十足，也韌性十足。天與地，日與月，風來搖擺，雨來吞吐。按照自己的意願長，橫著生，斜著長，自在極了，也獨自極了。

風在吹，細細地，慢慢地吹。風說，放下，放下一些。

2.

風來，是秋天的風。

乾淨，透明，爽朗，還有桂花的味道。

桂花的香氣絡繹抵達，城市被香氣輕輕抬起又不動聲色地放回原處。到底哪裡不一樣？任何人都說不出，卻明顯不一樣了。各個角落，上上下下，邊邊縫縫，香得冒泡泡。只要有風，香就會長了腳地跑。是泡在花香裡的酒嗎？所有的風被桂花灌醉了，一搖一擺地襲擊，一起一伏地流淌。香啊，香，真是要人命的香。

桂花，秋風，陽光，交集融合，四處出擊。

秋風籠蓋，香氣滿城。這裡，那裡，秋風與花香，比肩飛翔。人在桂樹下發呆，一會的工夫。衣服香，鞋子香，連起伏的思緒也是香的。

手指擦過那簇低矮的枝，一不小心碰翻了那滿枝滿椏的香，猶如打翻了香水瓶子，「哄」的一下，香氣四處逃竄，嗆得整個操場搖三搖。驚動了風，東飛西吹，高處的枝，低處的草，香成一氣。抬眼望去，天邊一輪落日，紅如寶石，一點一點陷入，那抹迷人的光暈，也是香香的胭脂紅。

「媽媽，風，桂花的風，我要追到她。」我的女兒，伸開雙臂，且跳且叫。風中，是她落英繽紛的笑。

那笑，噙著香，四處奔跑，一點一點包圍我。

這樣的風，這樣含著香氣的風，飽滿、清洌、情意綿綿。

把自己丟在風中，沖刷、浸泡、沉浮。風在飛，風在笑，風在盤桓纏繞。掠過指尖，掠過臉頰，掠過全身的細枝末節。

3.

香風，秋天的香風。美好，迷人，豐富，像一個個飽讀詩書的女子，美好得讓人不敢直視。

在社群網站上註冊了一個帳號，寫的不多，卻追蹤了一些人。每一個名字，代表一種文字的風格。每一種風格，都是一股不一樣的風。所有的風，都含著桂花一樣的香，直抵肺腑。我愛，愛這一群以文字怡情的女子。我愛，愛這社群網站裡的隻言片語。每一個片段，都是生活裡詩意盎然的風。

常在社群網站裡看這些美好的文字，就如被秋天的風輕輕吹過。淺淺淡淡的香，絲絲柔柔的甜，放輕，放輕，再放輕。

風來，又是一陣香氣十足的風。深深地吸一口，再吸一口，滲入肺腑。一片一片的桂花開在綠葉中，一群一群的陽光，舞在風中。

真美，這樣的時節，這樣的風。

麥苗青青，鼠麴草綠綠

也是這樣的時候，田野透著青綠，繁花擠滿地頭。一大群，一大群的小孩，呼朋引伴，三三兩兩，挎上小籃子，踩著日頭的碎金，在田間，在麥叢，倏爾出現，倏爾淹沒。

他們在幹嘛？低頭細看，蹲下慢尋，忽而乍現驚呼，忽而展顏。是的，他們在尋找一種野菜。那是在清明之時伴著年糕一起混搗的清明草，因全身遍布細細的白絨毛，家鄉的人又叫它鼠麴草。

小小的野菜藏在油菜花裡，躲在高高的麥苗叢中，長在紫雲煙裡。小孩們踩著春的氣息，撩過滿目的青青麥苗，興高采烈地找著。躲在麥地裡的鼠麴草，因少見了陽光，長得特別好！它們伸展著纖細的脖子努力向上，向上！細長的梗晶瑩透明，細圓的葉鮮嫩飽滿。小孩們漾開笑意，小心地掐，慢慢地找，小小的身子沒進高高的麥叢，掀起綠浪漣漣。窸窸窣窣間，猛地，從麥地裡竄出一聲驚呼：「哇，好大一棵的鼠麴草哇！」那叫聲透著野性率真，高高的分貝震得麥苗一起一伏，碧波譁然。

幾個小孩，找著野菜，累了，躲在高高的麥苗裡玩躲貓貓。悄悄地蹲下身子，小心地挪動著腳，聽著「撲通」的心跳，看到滿目的麥稈青青，聞到滿身的泥土清香，猶如沉入深水裡的魚一般，這感覺只想讓人就此沉溺，沉溺在麥浪之下，沉溺在青草懷中。

還在靜靜地躲藏，只聞一聲大喝：「找到了，哈哈，快鑽出來吧！」一個激靈，高高躍起，猶如跳出海面的魚，一波一波的麥浪此起彼伏，歡快地延伸而去！「哈哈，你中計啦！自己跳出來！」一個小孩撫額大笑，懊惱的那小孩揮舞著小拳頭，在麥叢裡急速穿梭。

麥稈搖晃，麥葉糾纏，小孩們淘氣的笑聲飛上雲霄。

他們是在摘鼠麴草呢，還是在玩遊戲？誰知道呢？或許都是，也或許都不是。

有些鼠麴草長在田埂旁，曝晒在陽光下，顏色偏暗，容易開花。金黃的花，綠豆大小，簇生枝頭，緊緊抱一團，聞一聞，淡淡的香，隱隱襲來。

紫雲煙的地裡，也藏著不少好鼠麴草。

一田田的紫花，宛然一道凝碧的紫痕，又似籠罩輕薄的紫霧，迷迷濛濛間，觸著風的電流，倏的一下，花葉漾蕩，宛若少女裙襬上鬆鬆的褶皺。小孩們，歡呼著投入著紫雲煙的花叢裡，撥開層層疊疊的枝葉，細細尋找，一撥、一擺、一壓，鼠麴草赫然而現。

藏在紫雲英中的鼠麴草，鮮嫩多汁，肥大高挑。雖有點難找，但小孩們樂此不疲。累了，就蹭著花香，躺在花叢裡打滾，隨手扯過一把盛開的花，放在鼻尖輕聞。或，找個採花的小蜜蜂，猛地搖晃花枝，驚得蜜蜂、蝴蝶紛飛而逃。

時間像風一般遁去，天邊的雲霞織著錦帛，夕陽一寸一寸地沉陷。鼠麴草穿上黃衫，麥苗戴上金冠！

娃娃們提著一籃子的鼠麴草，打打鬧鬧地回家去了。風吹，鳥飛，孩子們的笑聲融入黃昏……

梔子肥，粽子香

五月，梔子花開，白胖胖的花朵，漂浮於綠葉間，彷彿一個個小月亮。

艾草輕輕懸掛，菖蒲悄悄吐翠，粽葉、糯米、花生、蠶豆，在小滿的節氣裡散布端午的氣息。

人們的臉上，拂過夏天晴暖的風，往日裡繃緊的眉眼，不知不覺舒展。微笑的花朵翹在唇間，見到任何人，都會樂呵呵地招呼。

家家戶戶都準備端午，門前香，屋後香，哪怕小貓、小狗、小孩打架了，亦有香氣撲騰而來。

不惱，且笑。

葡萄的架子下，梔子一朵或兩朵，肥肥大大。敞開的院子前，青青的麥子擎著密密的穗。年輕的媳婦們忙碌著，水桶裡泡著綠綠的棕櫚葉，臉盆中浸著花生、紅棗、蠶豆，大大的畚箕在陽光下晾晒。她們細步盈盈，或低頭，或瞇眼，對著一捧即將裁剪的綵線比劃著。

外婆早早地來到門前的梔子樹旁，膝上一條毛巾，雙手在一面大大的簸箕上靈活移動。浸過黃梔子的糯米，色澤鮮豔，臉盆裡冒出尖。浸過泉水的蠶豆、花生、蜜棗顆粒飽滿，圓滾滾胖嘟嘟。密疊疊的葦葉，沾著水，顯出青綠的色。一些香氣撲面而來，或是糯米或是柚子樹的青果又或是躲在葡萄樹下的梔子花。

陽光拉開金絲銀線，透過密匝匝的柚葉，斑駁陸離。

外婆的手，跳著陽光的點，取來兩張葦葉，平鋪，攏成圓錐的形，用湯匙往錐形的葦葉裡倒糯米，眼見至一半，提手，輕敲，錐尾輕撞畚箕的邊緣。篤，篤，篤，眼見到三分之二的糯米沉至中間，扎扎實實。外婆的臉上出現微微的笑容，用筷子夾了一顆蜜餞放至中心，又覆上糯米，至錐形的頂部，再扎實地抖一抖，最後將兩邊的葦葉折過，覆蓋，扯一根綵線，用力地勒緊。這最後一道勒緊，有技巧，粽子緊不緊，味道香不香，糯米韌不韌，全看這勒線的技巧。

那時的外婆顯然還年輕，她的手勁不小，頂部的葦葉被她的左手死死地拽住，不留一絲縫隙，右手拿線，俐落地從粽子的中間繞過去，再繞過去，打成結，一頭嘴巴咬住，一頭用手扯出去，扎得實實的，密密的，才算好。

終於，一個俊俏的粽子從外婆的手中蹦下來，「噗」的一聲，躍至畚箕的邊緣。包得真好呀！不知誰的讚嘆落下來，旁邊的人紛紛附和。有稜有角的粽子如同一隻隻屏聲靜氣的鳥，滿滿一大圈。圍觀的人，越來越多，都是左鄰右舍，也不待招呼，各自幫上。

梔子花旁，年輕的媳婦們暗中較勁，誰的手巧？誰包的粽子俊？時不時有笑聲泉水一般湧出來。

嘴饞的小孩也來了，目不轉睛地盯著，眼巴巴地問何時才下鍋。就快了！等著！和藹的外婆笑瞇瞇地招呼。

婆媽、媳婦們將包好的粽子剪去多餘的葦葉，按照餡料的種類十個一組，十個一組，編成串。

有人搬柴，有人點火，有人倒水，有人將粽子趕下鍋。一下子，水蒸氣「噗噗」鬧，灶臺雲遮霧繞，一些香氣頂開鍋蓋直往人身上撲。

等的人，嗞了嗞口水，再嗞一嗞口水，眼珠不能動，踮起腳，簡直成了一隻被香味捏住「脖子」的鵝。

剛出鍋的粽子熱騰騰，打開葦葉，有香糯的霧氣裊裊升起，對著粽角的尖，狠狠咬一口，好吃，真好吃。密密麻麻的糯米有嚼勁，一個粽子下肚，一定飽。

傍晚，起風。外婆將粽子掛在晾衣竿上，一串，一串，又一串，彷彿鈴鐺，又似單腳抓竿的鳥。

「明天，拿幾串粽子送舅舅，送大姨……」外婆的聲音沒在風裡，輕輕一閃，遁去了。

梔子肥，粽子香，一朵月亮在雲中慢慢飄……

滿目春風，遊湖

1. 探梅

你說，想來春天的湖邊看一看。我說，要快一點。此時的湖邊，一步一景，草木勃發，還有你喜歡的花，像比賽似的開。

先去趟植物園吧，非常漂亮。進大門，過小徑，三三兩兩的梅，依稀可見。密密匝匝的花苞站枝頭，如燃燒的火焰，滾動、熱烈、跳躍，讓你恨不得把大團的花捧在懷裡。我會告訴你，別急，真正的好風景，在後面呢。

拉住你的手，小跑著往前走，你的布裙輕舞飛揚，你的手鐲「叮叮噹噹」。眼前忽得開闊，成片的梅花林，豁然呈現。

春天的梅，像趕集似的聚攏，花似海，香如河。前邊、後邊、左邊、右邊，一簇簇，一枝枝，一朵朵，枝頭搭枝頭，花朵挨花朵，香味疊香味，熾烈、歡笑、蕩漾……

此刻，你會想到發瘋，美到發瘋，香到發瘋，紅到發瘋，快樂得要發瘋。你想大喊就大喊吧，想大叫就大叫吧，沒人會笑你，誰會笑你？此時，每個人都如你一樣，止不住地想喊叫。

我認為，這是我見過最好的梅花！

你看，一朵梅花，歷經多少霜雪才能抵達枝頭的紅？你一定和我一樣驚顫不已。來，輕輕地走，輕輕地看，落英繽紛，繽紛落英，每一朵都有含香的魂。

右前方，拱形的門，彎彎圓圓，三三兩兩的人從門裡進進出出，門的旁邊，一株斜倚的梅，裊裊婷婷。

進門，一株梅撲面而來，繁花朵朵，鳳冠霞帔，頭罩紅紗巾，身穿紅衣裙，腳踏紅繡鞋，喜氣洋洋，扯著你的心，像盛在蜜罐裡一般，歡喜朵朵。

天，藍得耀眼，或紅或白的梅，噴湧的泉一般。輕輕彎腰蹲下，對著這梅，對著藍天，「咔嚓」一聲，無論哪個角度，拍出的照片都堪比明信片。

出了梅林，帶你走一道隱祕的小門，小門連著一處花園。這個花園在校園旁邊。這裡有許多別有風味的餐廳，物美價廉，隨便選一家，臨窗，取茶，點菜。

此刻，窗外有梅，映著幾個嬉戲的兒童。我認為這也是景，很美的景。

2. 賞柳

要看柳樹，得去我的學校附近。那裡的一草一木，熟記於心。甚至於哪棵柳樹爆出哪一撮芽，哪株桃樹綻出哪一朵花，我都曉得。

三月中旬，柳樹最美的時刻。沿著大門進去，一排排柳樹，列隊、聳肩、舒臂，朝你丟擲綠色的眼。世上怎有這麼好看的樹？又黃又綠、又長又細，嫩得掐出水，擰一把，彷彿可以嚼出甜。依著柳樹，猜測此刻的枝條為何輕軟如舞女的腰？無數的纖纖細細，起煙、湧霧、揚綠塵……

米粒大的葉片睜開濛濛的眼，在枝上開出水霧的花朵。一簾，又一簾，綠氣裊裊，以為要下一場雨，綠色的雨，忍不住遮住頭、遮住臉、遮住肩，卻是遮無可遮，一挪身、一抬腳、一舒臂都會撞到綠色的氤氳，一團團，水墨畫似的潛伏……

此刻，你成了一張薄薄的紙，身上浮著綠，腳下踏著綠，淺淺淡淡的綠，在你身前身後一點點滲透，一波波起伏，塗抹、淋漓、潑灑。你也成了一株柳樹，一株吐翠的柳樹，一定要拍張美照，站在兩排的綠柳樹之間，仰頭或是低眉，怎麼樣都行。鏡頭中，柳樹婀娜，附著柳樹的你，笑得一臉甜……

穿過柳樹，往右走，一條石子鋪成的小道，兩旁的櫻花盛開，枝條交錯，花朵繁密。路的上方搭出白色的棚，從路上走過，彷彿道路含著香。落花紛紛，一片又一片指甲大的白，輕盈飄落。止也止不住的細碎花瓣，落於頭，落於臉，落於身。

不敢動，生怕一轉身，嚇跑了這一場白色的雨。

過橋，左轉，往前走幾步，便到了湖邊。

三月的湖邊，水汪汪的，深藍暗藍，起伏蕩漾，如一匹吹皺的藍綢緞。岸上，一株桃樹，一株柳樹，桃紅柳綠，剛好：桃傍柳，柳依桃，臨水而生。桃樹的枝幹，遒勁蒼老，黑褐色的枝條爆出雪似的白，火似的紅。一串雪白的花苞，幾乎要伸到水面去。那細細的柳絲，隨微風輕輕拂過，拂過紅的花，拂過藍的水，拂過綠的草……

對，站在那，柳絲在後，桃枝在前，湖水在側，你成了畫中可愛的人。

3. 仙境

二月蘭，鋪開紫色的毯子，鬱金香流成彩色的河；高處的玉蘭花，如指揮戰場的將軍，它說紅，鬱金香「唰」地冒出一片紅；它說黃，鬱金香「嘩啦」一下綻出幾朵黃。各色各樣的鬱金香整齊有序，彷彿出征的士兵，舉著或黃或紅的矛，朝著藍天澎湃吶喊……

你會讚嘆，怎麼這麼多，跟天上的星星似的，數也數不完。當然數不完，一株接一株，一朵擁一朵，一片連一片，紅的圍著白的，白的擁著黃的，如波浪，似汪洋，溺在其中，無法言語，無法呼吸……

石橋彎、溪澗流、花朵盛、草坪綠，這裡的春天，美麗如畫，彷彿仙境。

4. 賞櫻

太陽出，薄霧散，人漸多。

來，騎上腳踏車，帶你去一處清淨的地方，賞花的好場所。

一彎長廊橫跨水面，與你的布衣、長裙、繡花鞋很相宜。你望著長廊下的綠水，專注而虔誠，我偷偷地拿出相機定格你的側顏。

過長廊，走石橋，穿小徑，一處草坪，空闊安靜。草坪從坡上緩緩斜，大片的垂絲海棠，朵朵垂下。走進去，這棵、那棵、這朵、那朵，隨你盡情賞。團團的蜜蜂偶爾會撞到你，卻不會生氣，看牠在粉紅的海棠叢中嗡嗡飛，春意融融，陽光朗朗。

海棠的前端，一條小徑，一泊綠水，那是真正的綠，彷彿貓眼，又似翡翠。偶爾，有小舟從綠水之上杳杳而過，拖出一道痕。

陽光暖暖地鋪下來，累了，不妨歇一歇。選一棵枝繁葉密的海棠樹，躺在草坪上，瞇著眼，一朵朵粉色的花像燈籠似的懸在上方，一群群忙碌的蜜蜂嗡嗡地舞……花香、草香、泥土的香，直撲鼻息，沁入心扉，此刻，你在春天的浴鵠灣，淺淺地眠……

我們再去賞櫻，那裡有一大片粉色的晚櫻等著。

晚櫻漫漫，雲蒸霞蔚。左邊的，伸出花枝，右邊的，探出花枝，一根花枝、兩根花枝、三根花枝……盤枝交錯，彎著穹廬似的弧，在小路的上方搭起一座粉紅的橋。

花重瓣，粉輕盈。整條小徑，晚櫻的道，枝杈紛紛，花團簇簇，人在其中，被花推著走，一波又一波的花，淹沒著你，簇擁著你，恍若走進櫻之國度，此刻，你想像自己變成一朵花別在枝頭，或者變成一隻蝴蝶翻舞枝間……

5. 天倫之樂

中午，我想帶你去購物中心裡的餐廳。

這裡的餐廳多，好幾家都很有名，想吃什麼就吃什麼，幾百塊錢，足夠我們大快朵頤。

吃完飯，逛一逛購物中心二樓的服飾，質地好，樣式新，棉麻的上衣，或白或藍，顯眼得很。

出購物中心，步行五分鐘，我們就去一個公園。這裡有一個景點，——這座小山不高，景秀、石奇、洞美，山頂可以喝茶賞落日，很不錯。

山下是一個公園，萬頭攢動，騎腳踏車的小孩、跳舞的老人、親暱的情侶、放風箏的愛好者，各色各樣的人，川流如織。他們的臉上帶著笑，一團高興。天上各色的風箏，搖頭擺尾，映著藍藍的天，游魚一般，想怎麼游就怎麼游。即便人拉著線，高空上的風箏也能找到它翱翔的自由。

我想指給你看，那邊有母子三人。

母親，九十八，左邊的大兒子七十多，右邊的小兒子六十多。他們三人坐在公園的石凳上，大兒子拿出梳子替老母親細細梳著頭，木質的梳子，稀疏的白，一下一下順出來，一頭白髮梳得整整齊齊、爍爍發亮。老母親笑得幸福……

三四年了，兩個兒子，一個媽。這樣的情形，雷打不動。兩個兒子天天攙扶著老母親來公園散步，陪著她說話。

我認為這是這公園最美的景，相信你看了也會動容。

春天，已過半；四月，未開始。林徽因說「最美人間四月天」，你若要來，必須趕緊了。

……

家有蘭草，入室成芳

搬新家的時候，朋友送了一盆蘭草。

我向來喜歡花，但不擅長養花。收到蘭草的那天就暗暗擔心，擔心會因為我的粗心，讓蘭草枯萎。

這盆蘭草真好看，鬱鬱蔥蔥的葉片縱橫交錯，亭亭秀氣。片片綠葉繁茂地撲入家人的眼中，似一劑清涼的水，滋潤著浮躁的心，慰藉著酸澀的眼。

時間久了，家人也習慣了，漸漸淡忘它。小小的蘭草，誰會注意？誰去照料？如同家裡角落裡的擺設，無人問津。

隔了很長的一段時間，一株花蕾從蔥蘢的綠葉中冒出長長的枝，枝上綴滿含苞的蕾，另一支依偎而生，兩支花蕾，泛著淡淡的粉紅，包裹著即將綻放的喜悅，靜靜等待。

當時，窗外冷風嗖嗖怒號，寒流嘶嘶流瀉，客廳的溫度也很低。就在這隆冬嚴寒中，一朵，兩朵，三四朵，蘭花爭相綻放，朵朵含笑，像一串美麗的鈴鐺，開滿枝頭。淡淡的色，樸素的形，依著綠葉，散發幽香。尖尖的小花瓣，五片圍成小半圓，深色點綴的一小片花瓣托住長長的蕊。說不上有多嬌豔，卻顯得素雅馨香。

家有蘭草，馨香滿屋。淡淡的香味淺淺行走，伏在牆壁，繞到茶几，飄到餐桌，似乎連家裡的人都散著不留痕跡的蘭香。湊到前端，輕吻花心，香味沁人心脾，直入肺腑，在鼻翼打轉，在臉頰縈繞，幽香滿懷，心曠神怡。

以為花會很快地謝了。可是，一天，兩天，十天，二十天，一個月，一個半月，花依然姿色不改，淡雅端莊，默默綻放，如一位秀麗的大家閨秀，淺笑盈盈，盡顯雅緻。

和蘭花同時來到我家的一盆水仙，早已葉片發黃，東倒西歪；兩大盆枇杷葉也已經葉落根萎，連最好養的仙人球因我的疏忽也開始露出腐敗的枯黃。唯有這盆蘭花，悄聲無息間，默默無聞時，抵禦了無人照顧的貧乏，克服著低溫襲來的冷峭，蒼翠濃郁，花開朵朵。

與花相觸，與葉相撫，敬佩之情油然而生。

第一次，因為一盆花，而感到敬畏。那是對生命的尊重，為它的頑強不息，為它的花開不敗，為它的不畏嚴寒，為它的隨遇而安……

風動，桂花香

1. 聞香

聽同事說，校園的桂花開了。這個消息很美，秋天的臉龐一般。愛花的人，總在每場的花開裡掀起內心的喜悅。

教室與桂花相鄰，一排排桂樹沿著牆密密生長，低頭往下望，枝杈紛紛，葉片蔥蔥，並不見花開。卻有細細的香味飄來，紛紛揚揚、上下飛舞。我想，花一定是開了，葉片下，枝杈間，一朵，或是兩朵，金黃的小臉龐，細細密密地閃，像星星一般。

從第一縷花香開始，下起了香雨，「雨」由小漸大，直至洶湧，直至澎湃。它們在大街小巷肆無忌憚地奔跑，彷彿頑童。一低頭，一開門，一轉身，都會撞到香，滿懷、滿袖、滿臉都是它，甚而整條街，整條路都是它，流動的、凝固的、飛舞的，各種姿勢的香，懸浮、低飛、旋轉……只能輕輕走，生怕一不小心，驚醒睡著的香。

晨，起。香氣推門入室，毫不客氣，端茶、擺凳、鋪被、倒水，到哪裡哪裡香。有片刻愣住。為這隆重的禮遇，為這虔誠的問候。與桂花，不曾相遇，它卻派遣滿席的香擁抱我。

香有形，起伏似遠山；亦有語，甜蜜如誓言；還有味，恬淡如清酒。

晨光，朝霞，清風，滿城桂花香，成群，如浩蕩的浪，向著城，飛奔而來。

桂花，不用出場，只派出滿席的香，足以陶醉人。

想起隔屏相望的朋友，他們飲茶、聽歌、寫字、旅遊，日子風吹雲動，書香漫漫，即便不識，亦是聞到香，靈魂裡凜冽的香。讓人歡喜，情不自禁。

2. 識香

那個傍晚，我一身落魄。

金色的夕陽熔鑄成鮮紅的烙鐵，醒目的圓，鮮豔的紅，在寂寥的空中，格外大。它在空中一寸一寸淪陷，無奈且蹉跎。

路邊攔車，一邊看夕陽，一邊等車子。整整一小時，還在原地張望。

一轉身，發現人行道邊一排排桂花。

樹葉綠，汪汪碧亮；桂花黃，爍爍金色。一棵棵，一排排，那麼近，那麼近，在眼前，在咫尺。為自己的疏忽而懊惱。原來，它已經來到我身邊。

夕陽的柔光襯著花朵格外美。一簇簇，一團團，擁抱，怒放。蓬鬆，像小球。金燦燦，如光芒。綠葉間，枝頭上，輕輕盈盈，細細微微。

小小的花朵，密密麻麻，金色的小拳頭，攤開了手，拆開千萬朵，細碎的美，露了眼睛，露了睫毛。一朵接一朵，一簇戀一簇，或歪，或斜，或依，團團的花，蓬鬆如米糕，讓人不禁想嚐一嚐。這朵，那朵，朵朵相似，瓣瓣相近。淺淡，簡單，尋常，樸素。

偏偏尋常之中孕育萬千香，香飄十里，一場奢華的盛宴。原來，只要努力，卑微的細小也能奪人心神。

謹記這個下午，桂花開。平凡的美麗，穿透世事的塵埃，如曲，如歌，趕走驛路的落寞。

3. 竊香

那個下午，下著細雨。雨絲綿密悠長，像冰涼的思緒一般，紛紛擾擾，絡繹不絕。我在雨中，沒有帶傘。以頭，以臉，以揚起的手臂迎接紛紛點點。秋意涼，在身，還在心。

它站在社區的綠意裡，水霧濛濛地望著我。細密的雨珠，掛滿細密的花。一顆，一顆，又一顆。晶瑩、閃爍、匍匐、流動，是鑲滿鑽石的皇冠？「欲戴皇冠，必承其重」，是這樣嗎？小小的黃花，碩大的雨珠，帶淚的微笑。

花朵溼漉漉，我也溼漉漉。

握著手心的雨珠，握著縷縷幽香，深深吸一口，再吸一口，想把這場邂逅印入心壁，刻骨銘心。只是，它雨中的模樣，如此憂傷，如此愛憐。有個聲音不停地叫著：帶一枝回去，帶一枝回去。

第一次，以愛之名，伸出了攀折的手。

花枝折斷，枝上的雨珠簌簌下，攬花入懷，小跑步著逃。心臟怦怦跳，臉頰微微紅，像一個戀愛中的人，小心翼翼摟著它，不停問自己：該如何愛它，該如何愛它呢？

洗淨瓶子，放滿水。一枝獨秀，滿室香。

那麼多的桂花，在眼前，手腳都不知該如何放，湊近它，臉龐靠著，鼻尖埋著，一次一次又一次，弄花香滿衣，想：即使死，亦微笑。

只過了一個晚上，枝頭光禿禿。香猶在，花卻落。一地花瓣，一地傷。

凋零。猝不及防。

愛太滿，終成傷。至此，不再折花。終是懂得，有些愛，適合遠遠看，遠遠看。

與花為友

從小，對花便有一種說不清道不明的情愫。

第一次，爺爺握著我的手教我畫的圖案便是一朵十字形的小花。尖圓狹長的花瓣，兩片稍長，兩片稍短，簇擁花蕊，偎依靠攏，花韻盈盈。

第一次，擄獲我目光的便是那一朵朵隨處可見的細小野花。

清清小溪，岸上小屋，屋後瓦礫石子，野花小草點綴其間。亂石中，一株極其尋常，卑微的野花從石礫空隙巍巍探出。飽滿厚實的葉片，蓄滿汁液，盈盈綠意。纖細柔韌的花莖穿過參差的葉片昂然挺立，慎重地托住細圓的花蕾。當醉醺醺的夕陽跌落藍天的懷抱，當傍晚的清風吹皺飛雲小溪。小小的花蕾映著漫天晚霞，含笑綻放。

五歲的我，總能擷取花的第一朵微笑。每個傍晚，如約而至，靜靜地等待，細細地欣賞，一花一人，渾然忘我。清麗淡雅的花形攝住了我的眼，嬌豔鮮豔的花色，迷住了我的心。

花的顏色極其美麗，說是粉紅吧，又不盡然，比粉紅少一點蒼白的淺薄，多一份深沉的底蘊；說是紫色吧，又不完全是，比紫色少了一些壓抑的厚重，多了一絲明朗的亮麗。遠遠望去，鬱鬱蔥蔥的綠葉，星星點點的小花，映襯著貧瘠的石塊瓦礫，分外美麗！

美麗的約會由於一個調皮小男孩的破壞而終止。生機盎然的小花因竹枝的抽打，垂下了高昂的花莖，碧綠的枝葉因石塊的丟砸，而傷痕累累。當我目睹原本的生機盎然變成了滿目的枝折花落，第一次深刻地黯然神傷……

長大一點，跟著小夥伴跑到田野的懷裡嬉戲玩耍，爬到大山的身上追逐玩笑。多姿多彩、絢麗斑斕的花相繼躍入視野。更深地領悟，花之於我的親密，它總能在第一時間攫取我的視線，讓我深深迷戀，慢慢沉浸，靜靜品味……

一大片金燦燦的油菜花，豔得晃人的眼，亮得奪人的心，炫得迷人的神。跑到花叢，小小的身影淹沒其中。浩浩蕩蕩的花朵變成金色的海洋，向你逼近，把你包圍，密密層層，挨挨擠擠，隨手可觸，隨眼可及，隨心可採。輕輕一碰，隨意一跑，花瓣悠悠飄落，灑落一地的金黃。

滿地的紫雲英，爭奇鬥豔。春寒料峭，它們爭先恐後地搖曳生姿。遠遠望之，綠油油的田地上細細籠罩如輕煙般迷濛的紫色煙霧。綠葉紫花，熱鬧擁擠，風姿綽約。猶如歡快的小鳥找到快樂的家園，我總是迫不及待地撲入田地，與花親密接觸。捧在手心，慢慢賞之，只見一朵花瓣便有一簇花蕊，花瓣彎曲上翹，外紫裡白，密密旋排，簇擁成一個啤酒蓋般大小的花形……

山上、田埂、小路、草叢，藏匿著許多不知名的野花，有的如紫色的小喇叭，有的如金黃的小太陽，有的似含羞的小鈴鐺……路過的我，總會因此而駐足，細細觀賞，忘記天地光陰，忘記來時路……長大後的我，從圖片、電視、各式各樣的景點，鑑賞了更多的花。雍容華貴的牡丹，清新淡雅的百合，熱烈瀟灑的海棠，欣然怒放的芙蓉，清麗絕俗的曇花……驚嘆於花的品類繁多，沉浸於花的千嬌百媚，心醉神迷，心旌搖盪。

我更加地喜歡花，它是我前世的宿緣，總能牽引我的目光。每次遊玩，只要看到花，我就挪不動腳，像喝醉酒一般，手舞足蹈；每年春天，總要跑到山上採擷一懷的山花爛漫；每次煩心，總會找個安靜的地方賞花去，一花一人相看兩不厭……

我與花為友，賞花為樂，那份深沉的眷戀，刻骨銘心。以致於，點綴花的項鍊，必能得我青睞，嵌著花朵的圍巾，總能優先選之，刻著花蕾的手鐲，總使我心動……每天，總能在我的身上，找到花的痕跡，或躲在包包的斜上角悠悠含笑，或隱在鑲鑽的髮飾上閃閃發亮，或躺在飛揚的裙角邊輕輕旋轉，或繡在上衣的領子明媚開放……

「如何讓你遇見我，在我最美麗的時刻……陽光下，我慎重地開滿花，朵朵都是我前世的期盼……」席慕蓉的〈一棵開花的樹〉，讓我輾轉千回，低吟淺唱；「接天蓮葉無窮碧，映日荷花別樣紅」，楊萬里的〈曉出淨茲寺送林子方〉，讓我浮想聯翩，如臨其境；「黃四娘家花滿蹊，千朵萬朵壓枝低」，杜甫的〈江畔獨步尋花〉，讓我感受繁花滿目，春光旖旎……

花的時光大多是短暫的，跋涉一季的努力，只為那幾日匆匆的絢麗。當風輕撫它們的時候，常會有零落的花瓣，即使是黯然的告別，也演繹著飄逸的輕靈，它們含笑投入泥土的懷抱，為下一季的華美，新增肥沃。

常常望花出神，思及自身。人生如花，花如人生，短短數載，我該如何從歲月的流沙裡鐫寫華美的芬芳？

但願自己如一朵淡雅的小花，努力地累積，認真地開放，向著太陽，迎著清風，淡然而立……

第四輯　不負歲月，不負初心

這些年，一個人在遙遠的城市，想念母親煮的菜，想念母親說的話，想念母親晒的被。世間的誘惑有多少？年歲越長，越往煙火處走。心中所念，不過是家常的歡樂罷了。

把每一寸光陰過成良辰美景

他在陽臺叮叮噹噹地忙碌，木板、釘子、錘子與榔頭，一些聲音在狹窄的空間跳躍迴盪。側目望去，他彎腰躬身的樣子，滿含深意，像一彎蓄滿柔光的月。

我懶散，喜歡自在，喜歡無所事事。他包容我的不諳世事、不善廚藝、不善整理、不切實際，以及偶爾的突兀凌厲。

這樣的日子，完滿的日子，安好的氣息密密麻麻、層層疊疊，一個自由的休息日，一件樸素的棉麻衫，一地潔白明亮的陽光。我在密布的吉祥裡，閱讀光陰：千隻蝴蝶，涉水而來；萬朵芙蓉，開在雲端。

依然喜歡收集，可愛的植物、溫暖的文字、飽滿的細節、純淨的音樂，一一聚攏。坐在安寧的畫面裡，雙掌合十，將熙熙攘攘的塵來塵往，斂翅息聲，想像終南山的那攏菊，開在門前，紛紛披披。

燦燦迷戀《簡．愛》（*Jane Eyre*），翻來覆去，看了又看，她說裡面的一些語句真是太好了。「假如颳三分鐘熱風或滴幾滴雨，就阻止我去做這些輕而易舉的事情，這樣的懶惰還能幫自己規劃的未來做什麼準備呢？」

她靠著我，把書中的話語遞給我。我看到一些哲理躍過文字，在燦燦的眼睛裡誦讀。那本攤開的書，在窗臺倚著春風次第翻開，一些倔強的美德在文字的經脈裡汩汩流淌。

陽臺的架子，在他的手中逐漸成形，一格一格又一格，長長的，窄窄的，寬厚的木板有紋理微微凸起，陽光落在架子上，泉水一般流下。他退後三步，再往前三步，仔細地看了看，用輕不可聞的聲音告訴我這是個花架子，可以擺小盆栽。

窗外的玉蘭還在執著地開，他的眼睛倒影潔白的光，風的微瀾裡，鴿子呼啦展翅。

那些沉默的、執著的、微小的情意，在日升日落的光芒裡編織著繁花滿枝的未來。

書架、書桌、花架。小小的陋室，他躬耕如農人，孜孜不倦地啣泥築巢，為我的書，我的花草劈出供養的場地。

一些甜蜜的氣息和廚房裡煲滾的香味一樣，自由踱步。年少，總記恨他不懂我。我看花，他說有什麼好看的；我遊古鎮，他說和老家的鄉下一樣；我寫字，他更不喜歡，說費時又費神……

一個南轅，一個北轍。

日光長長，歲月深深。一些不同，依然不同，卻有枯萎中萌發的綠，在日子的兩端歷久彌新。握手言和，將這瑣碎的好，纏成絲絲繞繞的線，捏針、穿線、繡出朵朵微小的花。相處久了的人，成了血脈裡的親情。煙火日常裡，買菜、買衣、烹飪、打掃、種植，把每一寸光陰過成良辰美景。

燦燦捧著兩盆剛買的多肉植物，放置在花架。小小的，綠綠的，乖乖的，我彷彿聽到娉婷在生長，潮汐一般的月光在花架之上潮起又潮落。他從陽臺轉到廚房，拿著菜刀叮叮噹噹，砰砰有聲。

鴨子、竹筍、枸杞、當歸、香菇，紅的、白的、黃的，沸騰的水花將日常的靜好絲絲煨煲，一股又一股的香氣輕手輕腳跑到我新寫的文字上。

傍晚，將火擰小，像一朵花似的，任由屢屢細煙的白霧，自由升騰。太陽懸在西邊，將落未落，像一滴滿含喜悅的淚，這個時候，去湖畔，走一走。

燦燦靠在我身邊，忽然發現，她高至我的眉眼處了。她的髮，濃密閃亮；她的步伐，敏捷似鹿，看著她，彷彿農人望著莊稼，又幸福又心酸，有豐收的喜悅，玉珠滾盤。

她喜歡與我說話，將她的所見，一一訴說。我沉迷在這樣的氛圍裡，散步、傾訴、信任、親密、依戀，柳蔭的小道上，同步的迴響，互相愛慕。

吉祥與如意在萬千的夕陽裡柔和交織，金色的光點在她小小的身影上斑駁陸離。還有多少這樣的日子，親密無間？

她會越長越大，我會越來越老。

總有一天，外面的萬紫千紅吸引著她，她將任意蓬勃、驕傲、歡笑，恣意在一個叫做青春的世界裡。

那時，你還會對媽媽好嗎？我忽然呆呆地問。

我永遠、永遠和媽媽好！她的神情篤定、不容置疑。

我聽到溪流的聲音，清脆叮咚，無塵無埃。我看到深情在層層疊疊、層層疊疊地生長。

夕陽如糖，融入湖心，鏽跡斑斑的水，湧動甜蜜的波。回家，開門，吃飯。

日子重複，生活重複，柴米油鹽重複。重複是幸福。

左邊是他，右邊是她，此時此刻，安寧、靜好、甜美。對萬事萬物懷有感恩、敬畏，與生活耳鬢廝磨，生出相濡以沫的情意。

晚，落雨。

一簾的雨聲懸掛窗外。

抱著靠枕，手邊有四五本書，觸手可及。一本，一本，交錯地看，也有趣。

他忙他的，我忙我的。

偶爾，有水果、有零食送到手邊。也不道謝，只管吃，吃光了，他才高興。

雨聲漸密，夜色漸濃。

我囈語地念叨，有空，去鄉野走走。他說，好。

夢中，五月時光，隆重起身，榴花在枝頭紅豔如火，麥子在田野，颯颯有聲。

小院時光

一年一次，春節回家。

藍藍的天，對著你笑，無邊無際，攤開的大海一般。低頭，端椅，後院裡坐。陽光暖暖地鋪，微風輕輕地吹。春天穿著淺淺的綠衣，又端莊又秀麗。

提個小籃子，裝幾個黏滿土塊的荸薺，陽光裡泡。左手捏荸薺，右手握刨刀，「滋啦」一聲，紫色的皮從刨刀的上方蜷曲著跑出來。雪白的荸薺肉，水嫩嫩，飽滿。削一個，疊一個，沿著碗沿，排排放。

蜜蜂飛，對著那朵茶花，嚶嚶歌唱。瞇眼，微笑，對著荸薺，「咯嘣」一聲咬。甜美的汁液在口腔裡脆生生地撞，甜絲絲的水，抵達肺腑。

生活有什麼好留戀的？大概便是這些瑣碎的小美好。

二樓的廚房飄來飯菜的香。我的母親，一個六旬有餘的老人，左手捏勺，右手執筷，將紅的蘿蔔、白的豆腐、肥的豬肉，香氣四溢地烹飪。凡塵煙火，一菜一蔬，看不見的香，裹著油，融著鹽，拉著酒，蓄著草木體內的味，紛紛疊疊、浩浩蕩蕩。一波，又一波，綿綿不絕，如雨，似泉，朝著你的頭、你的臉、你的身，不由分說地籠罩下來。沒有辦法了，真的沒有辦法了，簡直無法動彈了，只能大口大口地呼吸，將那些香，深深地儲存。

這些年，一個人在遙遠的城市，想念母親煮的菜，想念母親說的話，想念母親晒的被。世間的誘惑有多少？年歲越長，越往煙火處走。心中所念，不過是家常的歡樂罷了。

年輕時，好鮮衣，好名利，好讚美。年歲漸長，心氣一點點地往回收。現在的我，只喜歡平凡的靜好。

感謝上帝，歲月並沒有過多「盤剝」我的母親。她依然安康，還能將大把的愛捧在手心，供我們兄妹幾個取暖。她臉色紅潤，笑聲爽朗，步伐敏捷，把小山一樣的案頭剁得震天響，把蔬果魚肉滿滿地排兵點將，把色香味俱全的菜餚一盤又一盤擺滿。

每每看著我們吃得起勁，廚房裡的母親還能高興地唱歌。還有什麼比這更動聽的呢？再也沒有了，這是我聽過最美的歌。

而後院裡，小叔叔剛從田裡歸來，滿懷的青菜，簌簌抖動。他朝我笑瞇瞇地走來，那些懷裡的綠，幾乎就要滿溢而下。

「來，將這些青菜挑一挑。中午煮來吃。」叔叔瘦瘦的臉龐笑得皺紋彎彎。

接過青菜，細細挑揀。自家種的菜，嫩得能掐出水來，一股股清香在手中撲騰。

嬸嬸在後院架起鍋子，嘹亮的嗓音跳過陽光，歡快地送來：「水已經開啦！快把菜丟到鍋子裡來。」

抱著青菜，一把扔進去。

紅的柴火，綠的青菜。迷濛的水氣中，一小鍋的青菜，軟了、小了、癟了，大勺一壓，再一撈，就成了晶瑩的青綠色。

哥哥不知何時從屋角找出一個帳篷，搭在後院。撐開的紅帳篷，輕盈如雲，又彷彿一朵豐腴的大蘑菇。太陽升高了，大把的光芒傾瀉而來，姪子、姪女在院子裡奔來跑去，他們踩碎一地的光，變成金色的小孩子。熱了，脫去厚衣服，換上薄薄的上衣了，臉上兩坨紅暈，像擦了胭脂一般。

一隻鴨子，雪白的毛，金黃的掌，大搖大擺，引得孩子們嬉戲追逐。滿院子的歡顏，遍地都是。

隔壁的叔叔、伯伯們聽到笑聲，一個個被吸引而來，靠著矮凳，倚著牆頭，排排坐。這樣的情景，彷彿多年前。

這些遠親，往日並無聯繫。也就過年這兩天碰面。男人們聊國事，女人們聊家事。滿院子的鄉音，音樂一般飄滿。這家的女兒如何，那家的兒子怎樣？美國的總統、加拿大的總理，在話題中一一出場，又一一遁去。說累了，隨手拎起腳邊一大捆的甘蔗，削皮、切段、大口啃咬。甜滋滋的水，嘴裡含著，空氣裡瀰漫著，話語裡飛揚著。

「呀，這裡又開了一朵茶花。」

姐姐扒開牆角的茶花，一朵大紅的花，綻開層層疊疊的瓣，赫然出現。

她的聲音，彩虹一般。

如此庭院，如此時光，讓人歡喜，讓人不捨。

春天不會辜負每一朵努力的花

蘭花是一個男孩帶來的。並不見花，幾條細細長長的葉，稀疏、黯淡、乾癟，再加上底部粗陋瘖啞的大花盆，同學們都笑了。

實在不討喜，隨手一指，說，放地上吧。地上，教室最偏僻的一個角落，擺著水桶、掃把、垃圾桶。蘭花細細的葉片蜷縮著，籠罩在黑色的暗影裡。

輕了，小了，更加不好看了。

誰會注意那盆角落裡的植物？沾著灰，落著塵，灰濛濛的。忘了澆水，忘了施肥，忘了角落裡還有一盆蘭花。

二月、三月，草長鶯飛，桃紅柳綠。整整兩個月，似乎什麼都沒變化。

那天，教室裡踱步，一低頭，看到了它。那盆默默無聞的蘭花，竟然抽出新葉，冒出了花蕾，亭亭玉立。

天哪！怎麼可能？

所有的人都瞪大了眼，低下了頭。

原來，春天不會辜負每一朵努力的花。堅硬的泥土下，有一種力量，讓人敬畏。

莫名地，想起那家深巷裡的理髮店。

理髮店，簡陋，狹窄，破舊，並不算正式的店鋪，僅僅利用一個車庫改造而成，沒有醒目的招牌，沒有詩意的店名，幾個大字，潦草地懸在門口。

人卻很多，九點未到，已經有人在排隊。

九點半，店主像龍捲風似的來了。那是一個普通婦人，又高又瘦，一微笑，和煦可親。顧客們有條不紊，拿著書本、盯著報紙，慢悠悠地等待。

一分鐘不停留，她投入到忙碌中，一雙手，在剪刀、梳子、捲髮棒之間靈活地置換。燙、染、吹，各色的頭髮中捲、拉、夾，變魔術似的，一個個漂亮的髮型，出現在鏡子裡。

有好幾個人，一等就是好幾個小時，卻不急躁，坐著，慢慢地等，心甘情願地等著。

問，你這裡，每天都有這麼多人，等著做頭髮嗎？

她笑盈盈地答：「是呀，每天這麼多。有的從市區趕來，有的從郊區趕來，還有從外縣市趕來的呢。」她徐徐地說著話，手上的動作並不見慢，一些碎髮從剪刀裡飛揚。

「有個老顧客，每次從市區坐車來。她說除非老得再也走不動了，否則，一定要到我這燙頭髮的。」她說這話的時候，正將一位趕著喝喜酒的老顧客帶到座位上。那顧客念念叨叨，說頭髮睡了一夜，壓壞了。她俐落地拿著梳子，拿著吹風機，沒幾分鐘，整齊又精神。

顧客笑了，她也笑了，笑得神采奕奕。

忽然敬佩起這個的女人，她在遙遠的都市安身立命，小小店鋪，美名遠播。這「美名」經過多少光陰的熬煮，才有今日的絡繹不絕？

春天不會忘記每一個執著的人。它必定會去尋找冰層下的湧動、黑暗中的跋涉、沉默中的成長。

那幾年，在小鎮生活，每個傍晚，我都要等一位老先生賣的蔥花大餅。小小板車，深巷裡穿梭，車後跟著一串人。兩面橙黃的餅在油鍋裡「滋滋」冒著香，那香，徹頭徹尾，滲入人的魂。

總要等，卻等得歡天喜地。

好不容易買到，一口下去，嫩的白菜、鮮的豬肉、綠的蔥花，在舌尖纏繞，整個人籠罩在大餅的香味裡，幸福得飄飄然。

一個餅，十塊錢。隊伍，長，長，長。

賣餅的老先生又驕傲又得意，他身後的薔薇花，開得撐不住，瀑布一般垂落。

做好一件事，就一件，持久、努力、熱烈，貧瘠的泥土也能開出姹紫嫣紅。

路邊的小吃攤，總有一家，特別符合你的味蕾，即便繞了老遠的路，也只去那一家。

陋巷裡修改衣服的店鋪，總有一個裁縫師，十分清楚你的尺寸，隨意一拆、一剪，精準又合身。

草藥飄香的藥鋪，總有一位，仙風道骨，他的藥，小小一帖，小病小災，藥到病除。

……

總會記住這些瑣碎的好，如和風，似細雨，將生活的皺褶一點點撫慰。他們是春天裡每一朵努力的花，在陋巷，在橋頭，在轉角之間，搖曳、芬芳、細碎、溫暖……

一根藤上的瓜

在這個地方，提起蘇家，無人不知，無人不曉。蘇家有八個子女，子女又生子女，如葡萄架一般蓬開，繁衍至幾十人。幾十人的大家族，個個誠實善良，勤勞節儉。鄰居嘖嘖稱奇，稱讚不已。

一朵小小的玉蘭花，有輕輕的香。蘇家的人，彷彿門前的玉蘭花，每一朵都相似，不僅音容笑貌像，為人處事像，內心的真誠與善良，也像。這若有若無的「像」彷彿是一股隱隱的風，又獨特又清洌，藏在每一個蘇家人的言行舉止裡，以致於，遠遠地看到或聽到，就能辨識，哦，那是蘇家的人。

蘇家爺爺，「德」字輩，名——蘇德川。蘇爺爺一輩子講究一個「德」，他的口頭禪，做人要講道德。

年輕的時候，蘇爺爺身體不好，常吐血，一接，一臉盆。鄰居們看不過去了，帶他去市區看病。醫院緊鄰水果市場，住院的蘇爺爺抽空去市場撿爛甜瓜。

病好，回家。蘇爺爺剖出爛甜瓜，選出裡面的籽，種在院子裡。幾個月後，一條藤上掛滿瓜。那樣的年月，一個瓜，讓多少路過的人饞了。蘇爺爺一個也捨不得吃，將甜瓜好生伺候，到了豐收時節，一個個摘了，放在籮筐裡。

蘇家的八個孩子，四個兒子，四個女兒，正是發育的時期。各個瞪著甜瓜，嗞了嗞口水，一聲也不吭。

蘇爺爺說，孩子們，在你們父親最艱難的時候，是鄰居們幫助了我們。這一季的甜瓜，要送給他們。人啊，要記情，有能力了，要報恩。

八個孩子，齊點頭。一人拿著一個瓜，送去給鄰居們。

風雨飄搖的年代，不管遭遇什麼，蘇爺爺總是告訴子女：做正直的人，做有學問的好人。日子再難，蘇爺爺也堅持讓八個孩子去上學。孩子們呢？刻苦努力，白天上學，傍晚幫忙做家事，各個成績優異。

民國七〇年代，八個孩子中，有七個成了大學生，捧上了國家的鐵飯碗。那個年代的「鐵飯碗」，沉甸甸！

蘇家在小小的地方，聲名鵲起。八個孩子中，只有大女兒沒讀大學。

沒有鐵飯碗，沒有大學，蘇家大女兒依然是優秀的。她勤勞善良，寬容友愛，頑強堅韌。在遭遇中年喪夫的厄運之後，一人撫養三個小孩。一個流動的店鋪，成了她維持生計的來源。生活窮困，孩子尚小，蘇家的大女兒做生意，不爭不搶，不欺不瞞。顧客喜歡她，同行喜歡她，左鄰右舍更是喜歡她。在她的影響下，三個幼年喪父的孩子，十分努力，格外懂事。民國八〇年代，大女兒的兩個女兒當了教師，一個兒子成了工廠的小老闆。

常常地，蘇家大女兒帶著三個成年的孩子回家鄉，送錢、送衣物給孤苦老人。

老人們說，你人真好，蘇淑清。是的，蘇淑清，蘇家大女兒的名。

淑——善、美；清——純、澈，蘇家大女兒，人如其名。蘇淑清的小女兒，蘇家最小的外孫女，在外縣市教書。她是蘇家放飛的風箏，離小小的故鄉，遠之又遠。

每年學期結束，蘇爺爺電話裡問：「外孫女，今年你的學生考得好嗎？」

她乖乖地答：「好！」

「哈哈哈，不愧是我蘇家的人。」電話裡，九十三歲的爺爺洪亮的笑聲，明媚似陽。

這個樂觀長壽的蘇爺爺，是我的外公。蘇家大女兒，是我的母親。

我呢？就是那個蘇家最小的外孫女。

一根藤上，瓜連瓜。不管這藤，蔓延得多長，瓜長得有多密，與地底下的根在一起，一直，一直在一起。

常常地，我在路上走。陌生的人盯著我看，看了一會，就笑，說，你是蘇家的人吧。

那時年幼，覺得不可思議，第一次見面，怎麼猜得出？

她再笑，說，就是像，眼睛像，鼻子像，舉止也像，說不出的像。現在，我懂了，這說不出的像，是外公、母親傳承下來的家風，在我眉眼，在我舉止，在我氣質之間……

紅酥手，黃滕酒

1.

這是我第二次踏上這裡。觸著微冷的空氣，踩著潔淨的道路，魯迅故居赫然映入眼簾。可我今天想說的，不是這裡，而是離魯迅故居幾尺之遙的沈園。

在遊覽車上的時候，一位同事問導遊：「這次去不去沈園？」導遊不屑地回答：「那裡有什麼好玩的，兩首詞而已，門票又貴……」

導遊不懂，她怎麼能理解那庭園裡深藏的美麗，那浸染了愛情的庭園經歷了幾百年的風雨之後瀰散的憂傷，蘊藏的文化，在亭臺水榭裡折射出的奇光異彩。只要懂詩詞，只要懂愛情的人都願在這裡將自己的心放飛，去聞一聞那花草，去看一看那橋水，去聽一聽那韻詠。

沈園的魅力，早不局限於它的滿城春色宮牆柳的風光旖旎，而在於傷心橋下春波綠，曾是驚鴻照影來的澀澀憂傷。因為愛情，因為陸游，因為〈釵頭鳳〉，沈園不是沈園，它因愛情而賦予生命，它因陸游而增添底蘊。

2.

避開導遊，獨自一人來到沈園。沒有如織的遊客，沒有繁雜的吵鬧。它靜靜地出現在你的眼前。渾然的古色，淡淡的寂寥，還有絲絲的憂傷把你的心，把你的魂拉到過去的亭臺水榭裡。

古蹟區中的詩境園，草木蔥蘢，即使在寒冬依然蒼翠碧綠。綠意濃濃中，一塊塊怪石高高匍匐。其中，有一塊高高的奇石，襯著翠色，偎著綠樹，雕著「詩境」兩字，昂然地望著整個園子。這石子因醜得名，身上有小洞，各不相連，卻又互相滲透，讓人稱奇不已。

還在因為詩境園的景緻而留戀，一股清香隨風撞入懷中。隨香而去，「問梅檻」出現在眼前。一院子的梅花在嚴寒的冷冬兀自芬芳。矮矮的樹，低低的枝，密密的蕾。一朵，兩朵的花站立枝頭，迎風含笑。那一枝一枝的花開，那一樹一樹的美麗，讓人想起陸游寫的詠梅詩。

「零落成泥碾作塵，只有香如故。」、「當年走馬錦西城，曾為梅花醉似泥。」……

陸游一生酷愛梅花，以花喻人，以花言志，梅花高潔的品性在一樹淡泊的清逸裡，吟詠了詩人魂之品性。

過了傷心橋，別了六朝井亭，「孤鶴軒」寂然而現。陸游一生經歷坎坷，一顆拳拳的愛國之心，天地可鑑。他終日奔走，為那淪陷的失地，便有了「王師北定中原日，家祭毋忘告乃翁」的囑咐，為那懦弱的朝廷有了「僵臥孤村不自哀，尚思為國戍輪臺」的吶喊，為那遭遇外侵的難民有了「遺民淚盡胡塵裡，南望王師又一年」的遺憾。

字字句句，滿腔熱忱，首首闕闕，憂國憂民。

孤鶴軒，就是用來紀念這位偉大的詩人。走近這裡，細細地聽，靜靜地看，無數陸游寫的詩詞在腦中迴環反覆。每一株草都銜著詩詞的韻，每一棵樹都站立著愛國的魂，每一處景都渲染著熱忱的心。

3.

紅酥手，黃縢酒，滿城春色宮牆柳，東風惡，歡情薄，一杯愁緒，幾年離索，錯，錯，錯！

春如舊，人空瘦，淚痕紅浥鮫綃透。桃花落，閒池閣，山盟雖在，錦書難託，莫，莫，莫！

千古傳頌的名句，成就了今天的沈園。陸游與唐婉的愛情悲歌從〈釵頭鳳〉的碑文裡緩緩走來。想著耳熟能詳的故事，望著這充滿悲慟的詞，讀著這滿是傷心的詩，前所未有的心酸在冰冷的碑上瀰漫開來。

當愛情的花遭遇現實的風雨，無奈的離索吞噬了愛情的鮮美。滿腹的愁緒，滿腔的酸楚，滿懷的思念，在沈園重逢的那一刻更與何人說？詩人悲憤提筆，在牆上奮筆疾書，字字句句皆呼喊。

因這〈釵頭鳳〉，因這愛情，因這詩心、詩魂，沈園飽含色彩，增添魅力，讓人細細品味，嘆息扼腕。

迴環曲折的走廊下，一串串木質的風鈴叮噹響徹。長長方方的形，古樸自然的色，青銅暗色的鈴，排排懸掛。那木牌上分明刻著許多相愛之人的祝福之語。

那麼多，那麼多的海誓山盟在叮叮噹噹的遠古裡歡暢歌吟；那麼多，那麼多的海枯石爛在風吹而吟的現代裡鏗鏘響脆……

傾聽，風的聲音

秋來了，秋來了！出去，出去走走，去擁抱自然，去聆聽風聲，去感受秋意。念想一動，便拉著女兒約上好友興味盎然地爬山去了。

沿著臺階拾級而上，棵棵挺拔的松樹鬱鬱蔥蔥。它們認真積蓄，努力生長，朝著太陽，向上，向上，一直向上！密密排站的樹，精神奕奕，蓬蓬勃勃。根在地底相擁纏繞，枝在空中互相致意，葉在風中簌簌低語。它們像劍，直直出鞘，直指雲霄，它們像刀，凜冽向前，鋒芒畢露，它們像戟，精神抖擻，不可摧毀。

直直的樹幹迷離了我的眼睛，一棵挨著一棵，一隊靠著一隊，一片延伸著一片，如汪洋，似大海，生生地拽住你的魂。在林海中浮沉，內心不禁又一次遐想，如果有來生，做一棵樹吧，枝繁葉茂，花開朵朵，低低地扎根泥土，高高地仰望蒼穹……

青石鋪成的小路蜿蜒向上，一直消失在綠意綿綿的叢林中。漫步在小道上，把自己浸在蔥蘢的綠意中，一身的倦怠漸漸消融。閉目養神，只聞風，悄悄地穿梭！它溫柔地逶迤搖擺，穿過樹林，拂過枝葉，掠過小道，似看不見的溪流，潺潺而來，嘩嘩而過。

緩緩的，緩緩的，是母親溫柔的手嗎？輕擦臉頰的親暱無不瀰漫著母親暖暖的溫度；柔柔的，是母親慈愛的話語嗎？洋溢著溫情的嘮叨，窸窸窣窣，絮絮叨叨。

風含羞地斂眉低眼，是欲語還休，是裙擺輕飄，還是回眸輕笑？突然，風漸漸地大起來！它鼓起腮幫子呼呼地吹，嗚嗚的聲音在林間飛速地流竄迴環，層層蕩漾，聲聲呼應，猶如湍急的江河，潺潺不倦，奔流向前。它展開翅膀，開始滑翔，忽而從天上俯衝下來，急速轉彎，帶動一股旋流，驚起隻隻小鳥，吹飛片片落葉；忽而從地底向上急速騰竄，繞著樹枝圈圈圍繞，擾亂松針蓬蓬簇簇，搖起松枝啪啦亂響；忽而扯起尖銳的嗚咽在樹林裡橫衝直撞，撞翻落塵瀰漫，吹起落花起舞；忽而，一股腦地跌進我懷裡，推得我後退一大步。

伸手想擁住風，可惜，它猶如放蕩不羈的魂，剎那間，從你手中穿過，只留下絲絲的涼意在指尖。

出了叢林，眼前出現大片曠野，蘆葦狹長的葉擠滿空闊的山坡。它們在貧瘠的土地上以繁茂的姿態坦蕩生長，挨挨擠擠，密密麻麻，接天蔓延。那種無畏的精神，那種積極的力量，是從容，是淡定，是不管不顧的蓬勃，是生生不息的頑強，是浩浩蕩蕩的盎然。

即使卑微，依然努力，即使平常，依然精神，即使困苦，依然青翠。大片的葦叢以密密的站立鋪就了一份樸素的龐大，那份磅礡的氣勢，讓人肅然起敬，心生敬畏！

風，少了樹林的羈絆，更加猛烈了。它在空蕩的山坡上咆哮著，怒吼著，捲起滔天的氣流，似波濤洶湧的海浪，「唰」的一下，齊齊颳過葦叢，葦叢齊腰折下，剎那間，卻又傲然挺立！風似乎被激怒了，只聽它攜著萬鈞雷霆肆虐地撲來，一次，一次，又一次，呼呼的怒吼在曠野上憤怒迴盪，葦叢此起彼伏，綠色的波紋在山坡蔓延開去，層層推進，連綿不絕。

風伏在葦葉上，即使暴跳如雷，即使拳打腳踢，葦葉依然搖曳著那高低起伏的紋，不急不躁，它以自己款款的溫柔無聲地化解了風的暴戾。那層層漾出的綠紋分明是葦叢淡然的盈盈笑意。

風過，葦葉依舊蒼翠，依舊挺直向上。心，剎那折服，為它的堅強，為它的不屈，為它的傲然。

生活粗糲，我自微笑！一句話從腦海裡劃過。是的，在那一刻，葦叢的精神感染了我，我心豁然開朗。

站在山坡，迎風而立，任風與我親密相擁。

把自己交給了風，聆聽它響亮的哨聲，捕捉它匆忙的身影，感受它凜凜的涼意，望著陡峭的爬坡，突然覺得自己充滿力量，在風的懷中，攀爬，攀爬，努力攀爬……

左手拎菜，右手抱花

五月，合歡花開，開在我的窗外。

日子從第一朵合歡花的盛開，透出隱隱的香。它們在樓層與樓層之間雲蒸霞蔚，緋紅的色，羽狀的朵，一簇簇，一片片，如火如荼。透過合歡花，從五樓往下望，隱隱約約看到穿梭來往的人。狹窄的通道不知何時成為菜農、果農的聚集地。

他們並不是天天在，晴天，週末的清晨，一定都會來。小區裡的老人聞著蔬果的清香三三兩兩地聚集。一個問，這茭白筍怎麼賣？一個說，絲瓜很嫩呀。來往之間，合歡樹下的方寸之地突然熱鬧起來，彷彿小小的市集，人聲喧鬧，生氣勃勃。

隔窗，相望，有喜悅淺淺誕生，每一個片段都是生活的畫。

穿衣，穿鞋，匆匆往樓下奔，我也想在蔬果的攤子前挑挑揀揀，也想高興地與小販討價還價，也想人擠著人，找幾顆最甜的荔枝。

俗世裡平凡的熱鬧與歡喜，總讓我怦然心動。

沒兩分鐘，跑到了樓下，只見四季豆、高麗菜、番茄、蘆筍芽，很整齊，惹人喜歡。想著女兒吃著這樣新鮮的蔬菜，嘴角露出微微的笑。蘿蔔、四季豆、高麗菜，買了一樣，再買一樣，還買一樣，過磅，結算，居然只要一百塊！便宜，果然便宜。難怪這麼多人都願意來買菜，物美價廉且又方便，如何不心動？菜農樂得眉毛眼睛都在笑，一雙手，騰、挪、拿、裝，忙碌不停。

拎著滿滿的蔬菜準備上樓，無意間一轉頭，牆角邊，合歡樹下，居然有一花農守著一板車的花草，無人問津。他落寞地站著，頭上是毛茸茸的合歡花，身前是香噴噴的花草，他整個人籠罩在花朵的芬芳裡。陽光細細地灑下，灑在他黑紅的臉上。

與忙碌的菜農相比，板車前的花農，相當寂寞。他只能偶爾擺一擺那噴紅吐翠的花，彷佛這樣，他才有事做，才不會那麼孤獨。

買花還是買菜？毫無疑問，紅豔豔的花朵與綠油油的蔬菜，在這個以老人們居多的社區裡，輸得徹底。

一個只能看，一個卻能吃。精打細算的老人們毫不猶豫地選擇後者。於老人們而言，踏實的柴米油鹽才是最重要的。至於，花，那是可有可無的點綴品吧。

守攤的花農，還在靜靜地等待，黝黑的臉龐，沉靜如水。

他的心裡會失落吧，會難過嗎？會不會將土地裡的花草改成蘿蔔韭菜？

他默默地站著，不言不語，不招不喊，守著一板車的花，孤獨地站著。

心裡忽然有一點心疼，為這一車子的玫紅、橙黃、雪白。

移步來到花農前，我的臉上顯出笑，他的臉上亦是顯出笑。滿滿一車的花，月季、海棠、長壽、文竹、茉莉、梔子……每一樣都那麼好，密密的花蕾，翠翠的葉，輕輕的香。「哪種花好養呢？」我停在花草前，挪不動腳了。

「龜背竹、長壽花、富貴竹，都好養得很。」他黝黑的臉龐漾出小心翼翼的笑。

「這月季花，幾十朵花蕾，才一百五十塊。」說話間，他將一盆茂密的月季花遞給我。真的呢，枝葉繁密的月季花，花苞一個接一個。「還有這梔子花，已經開花。香得很。」花農的手上捧著小小的梔子花，碰一碰那朵奶白的花，濃郁的香，「轟」的一下，四散而來。「月季一百五十塊，梔子一百塊，小姐，你就買吧。」他的眼神閃著光，一些渴盼如焰撲閃，乾癟的嘴唇不時用舌頭艱難地舔一舔。「好！」我俐落地付錢。

他呢，笑成一朵花，手忙腳亂地拿塑膠袋，細心地將花放好，且不停地囑咐：「梔子喜歡陽光，勤澆水，勤施肥；月季花澆水有講究，不乾不澆，澆則澆透……」

我一一答應，左手拎菜，右手抱花，興沖沖地往回走。

一朵朵的花在懷裡簌簌而搖，腦海裡，無端地想起學生寫在作文上的一句話：「老師，您或許已經忘了，您在一年級的時候請我當衛生股長，因為這樣的鼓勵，我才能在六年級的模範生競選中脫穎而出……」

衛生股長？我輕輕地搖搖頭，這個細節，我是徹底地忘記了。於我，那只是隨心的一句話，誰能想到，居然影響一個孩子六年的小學生涯？

「吱」一聲，女兒的開門聲打斷了我的冥想，她看到我手裡的花，大呼小叫：「媽媽，你瘋了嗎？這樣的花，昨天不是剛買了三盆嗎？」

只笑不語，誰又知道，我小小的舉動能幫那個落寞的花農帶來什麼？

我亦不會想那麼多，將花端正地擺上陽臺，仔細地澆了水，一朵又一朵的花，搖曳芬芳，真美……

清明的記憶

四月快到了，清明也就快到了。這個時節，鄉下的鼠麴草正長得綠。鼠麴草是一種草。葉橢圓，對生，白絨絨的細毛，頂部開黃花。花不見瓣，像舊時的盤扣，緊緊地抿著，擁成團。它有很多的學名，有叫棉菜，或清明草。比起這些名字，我更願意叫它鼠麴草。因為，在老家的鄉下，鄰居們都叫它「鼠麴草」，這個稱呼有著家鄉的味道。

陽光燦爛的日子，母親遞過來一個菜籃，說：「去，挑一些鼠麴草來，清明的時候搗年糕。」「哎！」這邊剛答應，那邊已經瘋了似的跑向田野。當時，麥子已經很高了。菜籽在田裡鋪開紫色的小花。泥土蓬鬆新鮮，裂開的縫隙裡塞滿野花野草的芽。麥田深處，尋找鼠麴草，是最大的樂趣。這裡有一棵極大，那裡有一片極密，竄起的驚叫聲掀起一道道碧綠的麥浪。

母親把挑來的鼠麴草洗淨，鋪開。陽光下，晾一晾，晒成軟軟的一團，小心地存著，等著清明將近，和著糯米搗年糕。

搗年糕？怎麼少得了二叔呢？清明前幾日，二叔便開始準備了。榕樹下的「搗臼」被二叔刷得乾乾淨淨。拌了鼠麴草的米粉從籠屜裡熱氣騰騰地拿出來，「啪」的一聲，砸在「搗臼」裡。二叔掄起浸過水的大錘，一錘一錘地反覆下去。那團香香的米粉，在錘子的淬鍊中，柔韌細膩，直至搗臼完全融入米粉裡，成了一個個墨綠色的小斑點。不久，米粉被捶成大大的一團，潤滑通透，泛著青碧的顏色。

這便是搗臼年糕了。

搗好的年糕被爺爺放在桌子，切一小塊，揉揉搓搓，搓搓揉揉，變魔術似的，各種形狀的年糕從手中生出來，有的似圓錐，有的如小豬，還有的放在模具裡印成長長方方的條狀。最多的是被爺爺用粗糙的大手壓呀，壓呀，壓成圓圓的大餅。我們都叫它潤餅。

「來，來，每個小孩一個餅。」爺爺說。我們便把熱騰騰的潤餅抱在懷裡，歡天喜地地捧回去。

奶奶呢，當然不能閒著。她忙碌地捏著草仔粿。只見她取出一小塊搗好的鼠麴草年糕，揉成一團，轉出一個凹槽，放上餡料，搓圓壓扁，再在底部墊一片洗淨的柚子葉，放在蒸籠裡。等到霧氣裊裊的時候，香噴噴的草仔粿便新鮮出爐了。色澤碧綠通透，咬一口，清香四溢，怎一個美字了得？

草仔粿、潤餅，清明節也就到了。一串響亮的鞭炮在墳頭炸響，水果，年糕恭敬地立在墳頭。母親把祭過祖的年糕拿回去，鍋裡，用油炸一炸，澆上一勺自釀的紅酒。只聽「刺啦」一聲，香氣「轟」的一下漾開，口水便被勾引出來了。

「來，吃吧。」母親笑瞇瞇地說，「供過祖先的，吃了保佑你會讀書！」接過清明的年糕，迫不及待地吃起來。鬆脆脆，軟綿綿，熱黏黏，每咬一下便有鼠麴草的清香不停傳來，唇齒生香，美味極了。

我知道，吃了這個，清明，才算是真正過了。

美麗，在身邊

1.

難得回到那個生我養我的小鄉村。

還沒進村，映入眼簾的便是養育鄉村的飛雲小溪。此時的水面，薄薄的霧靄氤氳裊裊，朦朦朧朧恍若仙境。不禁驚呼：「這溪水什麼時候會騰雲駕霧了？」「水庫造就了這湖的景色，很早就是這樣了，難道你一直沒發現嗎？」村子裡的人解釋道。最常見的往往是最容易忽略的，沒想到身邊居然就有這樣的異景，我為自己回鄉的次數少而歉疚，為自己的視而不見而赧然。

站在橋頭，靜靜地望。渾厚的綠，幽幽潤澤，有厚度，有質感，舀一瓢，似乎便能端起玉液瓊漿。這是朱自清筆下的女兒綠嗎?不摻和一絲雜質，純淨透亮，一心一意，綠意濃濃。

不敢驚呼這美好的綠，因為它在寧靜地睡眠。沒有一絲的皺褶，沒有一點的漣漪，如同貓的眼睛，閃著光澤，安靜而迷人。或許，是剪裁了岸邊深淺不一的葉片蔥蘢，或許是藉助了田邊鮮嫩的草芽碧綠，又或許是揉入了六月的盎然生機，才能締造出如此美麗的顏色，才能營造出如此純美的水樣，要不，怎麼會有如此溫潤的色，怎麼會有如此溫婉的形？

小的時候，天天見，日日見，卻從沒瞧見這水的美麗，而今，靜心駐足，驀然發現遠足他鄉的美景，都不及自家的水美麗恬然。

水面的霧氣還在遞增，飛逸的白色漸次升騰，嫋娜散開，輕輕飄飄，慢慢擴散，霧氣迷茫。一切顯得亦真亦幻。是雲海不小心跌落到小溪？否則，哪來那麼多的白霧梟梟？是天上的雲朵投到河水的懷抱？否則，哪來那麼多的聚散依依？

站在橋上，呆呆地望著。

雲霧隱隱而來，泛泛而散，待伸手去抓，卻徒勞而空。不禁傻笑。

「媽媽，這是不是孫悟空的水簾洞啊？」女兒天真的話語，驚醒了一簾霧靄的我。

是啊，多像孫悟空的水簾洞，與世隔絕，乾淨美麗。

2.

過了小溪，便是外婆家。

外婆家早就人聲鼎沸。舅舅、舅媽、姨媽、姨丈、表哥、表妹以及一大群和我女兒一樣大小的孩子，熱熱鬧鬧，一大家子。外婆，外公，接近九十的高齡，身體卻依然健朗。每到過節特別開心。老人家，看看這個，望望那個，幸福的皺紋綻成盛開的菊花，開朗的笑意更似止不住的泡泡，一串串往外冒。

外婆家雖然是鄉村，卻擁有五間小樓房。樓房的後面，圈圍著一個寬敞的小院子。六月的柚子樹已經抖落滿樹的白花，一個個青青的小柚子，圓鼓鼓地躲在綠葉間。雖然花期已過，但柚花的香味似乎依然停留在院子，若有若無的幽香，撞著鼻尖，沁人肺腑。

靠著圍牆，便是外公的青青菜園。茄子生機勃勃地彎著，黃瓜攀牆爬壁，一兩朵金黃的花零星地眨眼。空心菜舉著一朵朵圓圓的小白花。四季豆、豇豆扭著細長的藤沿著竹條圈圈纏繞，南瓜、絲瓜蔥蔥鬱鬱……菜園雖小，卻也種類繁多，淺綠深綠，一地生機。

小孩子，最喜歡這花園。他們拿著各種小工具，努力挖著，一條蚯蚓扭著圓滾滾的身軀出現，驚喜的歡呼差點把樹上的柚子震落。

一個小鍋子，支撐在柚子樹下。陣陣香味從鍋裡四散而來。豐盛的佳餚一碗碗地盛出來。這情景，總想到野炊。藍天為頂，綠樹為傘，滿目的蔬菜在眼前抽枝長穗，滿院的小孩在身旁肆意歡笑地嬉戲奔跑……

我望見媽媽耳鬢閃著銀絲的臉頰，笑容滿面地挑菜；我望見外公垂下有點佝僂的腰，憨憨樂樂地鋪桌擺凳；我望見身手熟練的舅媽，笑意吟吟在鍋裡翻炒出美食的香味；我望見孩子們追著，跑著，樂著，忙碌地呼吸新鮮空氣……

這又是一幅幸福動人的景！

常回家看看，音樂在心裡開始輕吟。踮起腳尖感受幸福，踮起腳尖觀望美麗美景，不必遠行；美麗，在身邊……

天真

喜歡「天真」兩字，像露水在花上，月在水中，又乾淨，又無邪。年齡往深處長，內心的滾燙趨於安靜，卻有天真，依然無邪。

天真是孩子的歡顏，不經思考，不經雕琢，不摻雜世故；天真是一百歲的女人穿旗袍、練書法、唱崑曲；天真是五十歲的男子攀到岩石上折一枝野百合送給他的妻子……

一顆歡喜心，是天真的底色。

對著一盆小小的雛菊，也能津津有味地看上大半天，是天真；聽一首情深意長的樂曲會流淚是天真；遇到久違的天藍與壯闊的星海會歡呼是天真。天真的人有著龐大、細膩、豐富的觸覺，那花香，那清風，那暖陽，總能在天真的土壤裡產生流轉顧盼的喜悅。

天真是一種氣息，簡單，明淨，如同植物，含著動盪，散著香味，混著泥土與陽光的氣味。

讀老舍的文章讀出天真，滿院的花草中，老舍彎腰曲背，澆水、施肥、搬進、搬出，他在快樂地忙碌著，送牛奶的人進門就喊：「好香！」他的神情，又驕傲，又得意。

這樣的他，天真如赤子。看著畫，看出天真。

寥寥數筆，日常的光陰，平凡的畫面，偏偏，有天真迎面而來。天上搖搖擺擺的風箏，地上奔跑嬉戲的兒童，那情，那景，似曾相識，又親切，又熟悉，有感動從心底一波波地漾出。

當小孩還是小孩的時候，他們在自己的世界忙碌，扮家家酒、抓蟋蟀、追月亮、孵雞蛋，會將一把蒲扇當車子，會相信月亮裡住著嫦娥，會遵從內心的意願，讓高興、失望、憤怒、奇思妙想，肆無忌憚地奔跑。

畫家將孩童的「天真」一一捕捉，用畫作來表達，用文字來歌詠，在一篇散文中他這樣寫著：

瞻瞻！你尤其可佩服。你是身心全部公開的真人。你什麼事都像拚命地用全副精力去對付。小小的失意，像花生米翻落地了，自己嚼了舌頭了，小貓不肯吃糕了，你都要哭得嘴唇翻白，昏去一兩分鐘。

這是孩子的天真，純真，透明、簡單、全力以赴，如同會發光的珍珠，倒影成人所謂的「沉默」、「含蓄」、「深刻」的美德。

鄭板橋，清代著名書法家，書畫家，詩人。一些生活的細節，透露他飽滿的天真。瓦壺天水菊花茶，滿架秋風扁豆花，居住在寺廟的他，春食瓢菜，秋吃扁豆，布衣斗笠行走在鄉間稻田，作詩作文，字裡行間無不流露出至情至性。

說到天真，再不能忘了大文豪——蘇東坡。

林語堂寫蘇東坡：深厚、廣博、詼諧，有高度的智力，有天真爛漫的赤子之心。

蘇東坡保持天真純樸，終生不渝。他的詩文、畫作、書法生動有趣，懇切誠篤，帶著詩人自身的氣質，隨性而來，隨情而發，字字光風霽月。

詩人的內心有一汪純潔天真的本性，這滿腔的赤誠，養就詩人的作品，遒勁樸茂，閃亮美好，無所畏懼。

另一位作家的畫和詩也天真：

你不靜下來聽一聽
春風就會吹過了
再不去郊野看一看
那些花兒就落了

這樣的語句，在他的畫作裡很多很多。一叢花，一壺酒，一個人，幾條淺淡的線條，幾行歪七扭八的字，亦禪語，亦打趣，讓人豁然開朗。

部落格裡遇見一個女子，讀出不一樣的風味，她的文字極有特色，像攤開的詩集，像內心的囈語，特立獨行，不可模仿。

她在一篇文章裡寫著：「這一生，我就是一個天真的小婦人，不要迫我於俗世的相爭。我用我微薄的收入足以打理我的生活，使它豐美。我不要錦衣玉食，我只喜歡我手指上戴著的潦草的銀戒，我頸上鏽跡斑斑的鎖子，以及我手工縫製的布衣裙，我吃著粗茶淡飯，這絲毫不妨礙我優雅地聽著鋼琴曲看著朝陽想著我卓越的理想。」

沉浸在這樣的文字中，久久回味，有許多相似的情感，在一個叫「共鳴」的詞語上，長出美麗的花朵。

做一個天真的小婦人，也是我的理想。

梳洗，打扮，去市場，讓每一刻的自己，乾淨，美麗，是天真。看花、看草、看世間一切的美好，是天真！

自由廣場，上班的必經之路，總有人唱歌、跳舞。她們化著妝、穿著鮮豔的衣裳，旁若無人地律動著，我會一一地看，這樣的他們讓人羨慕。老了，我也要這樣。穿紅的衣裳，著綠的裙子，大聲歌唱，盡情跳舞。

早晨的菜市場，熙熙攘攘，熱氣騰騰，我也喜歡看。帶水的蔥花，含露的黃瓜，活蹦亂跳的魚蝦，一轉頭，瞧見那拿著大刀在切肉的老闆娘，紅唇鮮豔，眉眼汪汪，婷婷秀氣。這畫面，又奇異，又驚心，讓我一看再看。

也喜歡廚房。

將紅的蘿蔔、綠的菠菜一一淘洗，將白米飯，鮮黃魚一一蒸上。火苗撲騰，霧氣騰騰，只感受這活著的樂趣。

翻舊衣，翻出碎花的裙，棉麻的衣裳，仔細地欣賞，舊時光在舊衣裡寸寸蔓延，也覺得很好。

看到花開會感動，聽到鳥鳴會雀躍，想到一些迷人的細節會歡喜。居陋室，著布衣，吃著青菜白米飯，與音樂相鄰，與文字結伴，與植物相依，安靜淡然地向前走。

這是我的天真，亦是我今生的理想。

小確幸

天氣有點熱，心有點煩。也許是假期悠閒得氾濫，悵然，呆然，不知所謂然。

女兒說：「睡得著，吃得下，還有什麼不好呢？」

是啊，還有什麼不好呢？小琴姐姐新寫的文章叫〈心靜自然涼〉。社群網站上，有個女子，堅持每天記錄「小開心」。梅子的書一摞一摞，讀到幾乎會背，每一篇都是告訴我要朝著美好奔跑。而村上春樹有個詞叫「小確幸」。「小確幸」——微小而即逝的幸福。念一念，滿口生香。

平凡的日子流水過，學學遠古的人，結繩記事，記一串又一串的「小確幸」。

昨晚，推窗，撞見一個橘黃的月亮，晃晃地掛在夜空。那麼黃，那麼亮，像晶瑩的果，大捧的光淹沒我的想像。柔柔的芒，漾起十萬的笑。我認為此時的月亮是快樂的，每一道光芒都布滿笑的紋路。那麼暖，那麼甜，像記憶中的麥芽糖。小時候，鄉下，四五歲的模樣，賣麥芽糖的來了，一個圓圓的奶黃的麥芽糖躺在扁扁的竹席上，一隻破拖鞋，一塊破鐵，一個爛銅都能換取一小塊麥芽糖。

那麥芽糖多像今晚的月亮，我為今晚的月亮而高興，它讓我想起久遠的甜。

今早，拉開窗簾，藍天白雲映入眼簾。天空明淨，微風清涼，彷彿多年前。多年前，藍藍的天，白白的雲，我們不以為然。現在，難得，再見。人們見一次拍一次，一天的好心情從藍天白雲裡開始。相見時亦會談論。一個說，今天天氣真好，很藍呢。另一個也會興奮地說，是啊，很藍呢。

這樣很好。一問一答，一問一答，天空湛藍，白雲晶瑩。

中午，頂著太陽接女兒回家。路過一家小吃店，便在裡面用餐了。小小店面，清涼可人。牆上，花花綠綠的留言，鋪排而過。牆壁上，勸世的箴言，隨處可見。抬頭，老闆娘正對我微微笑。她俯身與女兒打招呼，親自教她如何飲茶，又對我說了句耐人尋味的話。「課堂裡的分數其實不是很重要。生活才是真正的大課堂。孩子是白紙，看你用什麼的顏色來描繪……」她說這話的時候，笑容安詳，滿臉睿智。

晚上，補習班的走廊裡，照例是一本書，一段音樂。一個燦爛的笑容，一聲響亮的招呼，響在耳畔。原來是女兒「自然發音法」的王老師。王老師的笑，如花一般美麗，青春，爽朗，熱情都在明媚的容光裡煥發。王老師與女兒其實也只有八節課的緣分。萍水相逢，她卻把一個老師對孩子的愛滿滿地送給女兒。得知女兒晚上還有課，她驚喜地跑走了，像風似的，她說：「我去看看……」那笑，明明還在呢。軟軟的，柔柔的，一群一群的陽光灑落，一片一片的落花繽紛。

下課，女兒擎著一隻紙鶴遠遠向我跑來，她問，紙鶴是不是很可愛，王老師特別送我的哦！我沉醉在女兒的笑容裡，沉醉在王老師的心意裡。我說，女兒，我們回家吧。

回家，清涼盈袖懷。大把的風吹來，三三兩兩的雨飄搖。落葉滿地，枝杈橫截。原來，在我不知道的時候窗外曾經疾風驟雨。「我們是不是趕上最好的時候呀！」女兒說，「你看，我一放學，狂風暴雨就停了，現在好涼爽啊……」

是啊，是啊。我笑著回答。我們趕在最好的時候回了家。這也是小確幸啊，我在心裡暗暗地補充。

明天，姐姐和媽媽或許會來這呢。生命中最愛的兩個女人，我多麼，多麼愛。若來，即使什麼也不做，看一看也是幸福的呢。

晚上還有月亮嗎？夢中依然繁花細草嗎？

生活中的「小確幸」在不遠處向你招手，走一步，撿一顆，琳瑯滿懷呵……

第五輯　詩意生活，近在咫尺

萬事萬物，辯證存在，以寬容、原諒和善心對待眼前瑣細的繁，便會看到近處的詩。一個人的朝拜，一個人的詩，不一定在遠方。缺的，只是一顆安寧、乾淨的心。

湖畔夜色

五月的風，輕輕吹，如羽翼拂過暗色濛濛的夜。天邊，一彎半月，眨著明亮的眼。

泛舟湖上，低吟淺唱，清幽的湖水，深藍跌宕。

鱗片般的雲，在空中密密層疊，一塊，一塊，覆滿高空，一朵柔柔的月亮花，層層穿越，時而隱藏，時而顯現。清淺的月光穿透雲霧傾瀉而下，整個湖面籠罩在明晃晃的白光裡，波動的水花銀光乍現，閃爍不停。眼，有一剎那的迷離，心，有一瞬間的沉醉。那麼多，那麼多的水，在眼前，低低的，觸手可及；那麼多，那麼多的浪，在遠處，寬寬的，目之所望。輕微的水花，似微醺的酒，帶著迷離的醉意，搖動淺淺的小舟。

輕輕地閉上了眼。

聽，波聲渺渺；看，月光迷離。

消融，一切的繁雜瑣碎在蕩漾的水波裡，輕輕消融。寧靜，一切的喧囂煩憂在起伏的漣漪裡，慢慢寧靜。心，前所未有的空靈，眼，前所未有的明淨。

忘記了，身在何方；忘記了，紅塵滾滾；忘記了，前塵往事。此時此刻，唯有樹影重重，月光斑駁；此情此景，獨剩湖水柔情，小船溫柔。

柳樹在月色下尤其美麗。細長的柳葉層疊挨擠，一順朝下，似懸掛的綠剪刀，錯落有致。柔軟的枝條，一縷縷，一摞摞，一樹樹，縱橫交錯，一簾朦朧的碧色，輕盈而飄，隨意而飛，翠色欲流。

那是任何一種色彩也無法比擬的美。濛濛的，淡淡的，發著光，閃著芒，綠幽幽，碧婷婷，讓人欲罷不能，心生迷戀。

看著，看著，彷彿自己也是一片柳葉，追風逐月，踏花起舞……一道白光在湖裡灼灼閃亮，緊接著三五道同樣的光橫臥在湖邊。

一閃，一閃，似彎刀，如月牙。

正疑惑間，岸上響起了動感的音樂，發光的地方忽然衝起水花。音樂噴泉就這樣與我相遇。音樂聲聲，水花朵朵。它們似一尾尾騰飛的銀魚裊裊而竄，向著天空的方向騰升、散落。音樂驟然激烈，水花急遽加速，那麼多，那麼多的水柱噴湧而出，騰空而上，似白色的小龍在騰飛，如銀色的鯉魚在跳躍。

密密的水柱前仆後繼，接二連三，朵朵簇簇，不歇不止，弧形的水簾瞬間拉起，驟然而落。彷彿湖面是寬廣的夜空，彷彿噴泉是燃放的煙火。蜿蜒向上，散落無痕，剎那的綻放，濺起一湖的水色。音樂的變化，讓噴泉的形狀也跟著變化。一會似圓錐，尖尖向上，圓圓散落；一會似燃放的爆竹，忽然而竄，紛飛而下。

在音樂即將停止的那一刻，左右兩旁的水管噴出高高的弧形水柱，在空中架起美麗的彩虹。湖中央的水花如千萬匹白色戰馬，奔騰而來，又如萬枚寶劍，擲向高空。所有的水花都在狂歡，所有的音符都在舞蹈。水柱遙遙升起，水花簌簌而落，水面銀浪翻滾，水光跌躍不停。一時，恍然出神。有風吹來，涼絲絲的雨霧倏然而來，手臂，臉頰，涼絲絲的舒爽。

剎那回神，水面已然平靜，似乎剛才的一切都沒有發生。

岸上有歌在吟唱。歌聲嘹亮清越，穿破沉沉的夜色，震動絲絲的柳條。循聲而去，一群退休的老人正在悠然自得地且歌且舞。一舞者，拿一把火紅的扇子，輕盈地跳舞。

甜美的歌聲，優雅的舞姿，引來不少的圍觀者。那舞者轉動扇子，似翻飛的紅蝴蝶，忽上忽下，忽左忽右，一會向前翻抖，一會向後展開，小小的一把扇子，隨著舞者輕巧的動作而翩躚變幻。只見她一轉身，一下腰，一扭頭，一抬腳，每一個動作韻味盎然，那並不年輕的臉龐卻有最青春的笑容。

一種感動在心裡瀰漫，為那舞者對生命的熱愛，為那舞者對藝術的追求，為這夜在湖畔的遇見。

柳樹叢叢，灌木棵棵。夜色，在湖面上空更加地濃了……

陋巷裡的天使

這是一條簡陋的巷子，破敗的房子年代久遠。陽光不好，設施陳舊。然而，就是這樣粗糙的住所卻讓我處處留戀，時時溫馨。

搬來這條巷子兩年的時間裡，鄰居們的熱情與善良讓我深深喜愛。家家戶戶樂善好施，男男女女和睦友善。誰家有新鮮蔬菜，就送去給隔壁的主婦們，讓大家嚐個鮮。誰家遇到困難，大家都會想方設法幫忙解決。雖然，蔬菜不值幾個錢，大家幫的也是力所能及的小忙。可就是這樣的場景，這種互相關懷的暖意，總讓我駐足回味。每當這時，我總是靜靜地看著，細細地聽著，一種叫感動的情愫在心裡瀰漫開去。回想著住套房的日子，和對門的鄰居兩年沒說過兩句話。可在這裡，人與人之間最美好的信任，互助，常使陋巷灑滿陽光……

晚飯後，是這巷子最熱鬧的時候。大人們，閒適地站著，或愜意地坐著，三五一群，家長裡短，玩笑聲聲。爽朗的笑聲衝出陋巷驚飛樹旁的小鳥。

孩子們吃完晚飯，開心地玩。大的，小的，忽然冒出來。兩歲的小叮噹，蹦蹦跳跳往巷口衝，緊隨其後的爺爺邁著踉蹌的步伐，帶著慈祥的笑容，溺愛地嘮叨：「人最小，就你跑得快……」滿心的歡喜，滿臉的疼愛溢於言表。看熱鬧的人群，忍不住地打趣：「小叮噹，再跑快點，爺爺追上來啦……」對門稍大的小虎和隔壁的雨欣、遙遙，再加上我的女兒，排著整齊的隊伍在每家門前的臺階上驕傲地走著臺步，每人手上撐著一把極小極小的紙傘。（那傘是遙遙生日時送給這巷子所有孩子蛋糕上的裝飾。）孩子們快樂地拿著小傘放肆地叫喊：「下雨啦，下雨啦！」大人們看得津津有味，聽得呵呵直笑。

最有趣的是四歲的小寶騎著小腳踏車，帶著五歲的佳怡，在巷子裡歪歪扭扭，橫衝直撞，雖險象環生，但小寶仍鎮定自若，堅持不懈……

「噢——，小寶帶著小女朋友去兜風啦，哈哈……」大人們拍掌撫額，樂得直不起腰。

靜靜地坐在門口含笑聆聽，凝眸注視，一巷活潑的小生命，猶如噴薄的朝陽，在巷子裡隨意潑灑。

夕陽的餘暉一點一點遁去，小孩活潑的身影灑著橘黃的柔光，純潔，美麗，生動！

一巷的小孩在跑？不，一巷的天使在飛……

依然執著，努力前行

1.

依然喜歡植物。

辦公室裡養了一盆又一盆的花，銅錢草、文竹、黃金葛、仙人掌……一盆有一盆的好。每天到校，第一件事，替花草澆水。喜歡看植物們各自安好，喜歡看陽光一寸一寸地鋪過，以清澈，以溫暖，以柔情。

銅錢草喜歡陽光，喜歡雨水。黃金葛養在室內，仙人掌最頑強，不聞不問，也能綠意茵茵。一種植物，一種性情，一一記住，慢慢磨合。如同知己，傾心又懂得。

只要盆栽裡長出來的，哪怕是一棵草，也呵護有加。曾經，拿了花種，灑下一大片，最終，光陰贈我一棵樹。這樣的錯誤也美麗也詩意。花也好，樹也罷，都是命中注定的遇見。寂靜的時光裡聽植物抽枝發芽，看葉片飽滿挺拔。想起一首詩：

如果有來生，
要做一棵樹，
站成永恆，
沒有悲歡的姿勢。
一半在塵土裡安詳，
一半在風裡飛揚，
……

來生做一棵樹。或一株野生的草。驕傲，沉默，孤獨，寂靜。在時光裡與雲朵悟禪，與清風吟誦。隨心而長，自由自在。

2.

依然喜歡閱讀。

選書，不問出身，不看名氣。大多時候，更喜歡來自草根的文字。那樣的文字，帶著民間的氣息，有著煙火的親切。

喜歡看彼岸的文字。那個清高美麗的女子，住在偏遠的小鎮，以寂寞頤養寂寞，以沉淪復活沉淪，以風情滋潤風情。一棵「七月」的菩提樹下，她寫字，拍照，縫製衣服。那樣的自在，如風。

世人熙熙攘攘，來來往往，有多少，能按照自己的意願生活。彼岸，算一個。讀她的字，不能快，快了看不懂。細細，慢慢，還需把心洗滌乾淨，一字一字地看。讀深了，會發現，字裡行間，有纏繞的詩意、澎湃的憂傷、寂寥的情歌。那文字中暗藏的情意，如彼岸捉摸不透的神情。必須，走近，才能發現美。她說：

涉海而過，芙蓉萬朵。

不知那海有多遠，芙蓉有多繁盛。去，還是不去？

……

她說：

我的終極理想是老死在一座寂靜的莊園裡，最好是像塔莎·杜朵（Tasha Tudor）一樣又樸素又老式的莊園，我不怕簡陋和荒涼，我願意守著土製的鍋臺收集薪柴燒火，我願意躬身種植糧草，我願意日日穿舊年的粗布衣。

這樣的彼岸，散發著文藝的風情，接近煙火，又脫離庸俗。讓人心動。

看這位作家。淵博的涉獵，大氣的見解，犀利的評論。有女子的縝密，又有男人的深刻。在這樣的文字前，屏息、凝視、慚愧。不敢妄加評論，只擔心，任何一句出聲，都是相形見絀。有些人，天生屬於文字，在方塊的布陣裡，統率千軍萬馬，意氣風發。

她在指點江山，談古論今，野史的味道，她的味道。她曾寫道：

青春就是個神經病。

青春，這個完美的蠢蛋，這個多情土匪，這個風流的劫犯，這個俊美的慣竊。偷走了我們的最美好的一截歲月，從來都不償還給我們。

……

她的另一篇文章寫著：

相信愛情就要有相信太陽從西邊出來的意志，要有承受江河倒流的神經，有海會枯竭石頭會開花的隱忍，有天涯和海角近在咫尺老死不相認的悲曲……

這就是她，奔騰、赤裸、呼嘯。在她身上找不到矯情，只有酣暢淋漓的表達，如刀子，如箭矢，如烈性的馬，窖藏的酒。飲一口，辛辣無比，又快意十足。

……

也讀另一位作家寫的梵谷傳記。

大眾的文字，自然地敘說。是小溪，卻暗藏波瀾。在比利時，梵谷熱烈布施。

在亞爾，梵谷瘋狂畫畫。

弟弟每月寄來的錢，總是不到次月就用完。有時付不出房租，有時連一塊錢也沒有。他說：「白天非有食物不可，晚上只要吃些麵包就夠了。」

……

讀著，淚在滾。天才的巨匠，虔誠的信徒。又，如此卑微，在金錢面前，捉襟見肘。畫畫的熱情，是內在自燃的核。熾烈的陽光之下，他是永不停歇的夸父，鋪滿葵花的路上，日復一日，朝聖。

花在燃燒，太陽在燃燒，梵谷在燃燒……

是火，是焰，是熱，是燙，是一朵讓人心疼的向日葵。

……

3.

依然喜歡行走。

尤其喜歡異域風情。每一次的行走，給眼睛豐富的色彩，給心靈新鮮的氧。

不喜精雕細琢的後天加工，不好繁華熱鬧的都市。如果去，一定是偏遠的，清苦的，遼闊的，安靜的角落。

喜歡天藍雲白滾到地面的澄澈。喜歡風吹草低的一望無際。喜歡渾然天成的山美水秀。更喜歡，住在那樣地方裡的人。未經汙染，純淨，善良，友好。

讀了一位女作家所有的文字，對邊疆角落，無比嚮往。

讀了另位作家的書，對書裡的天空，心神往之。

想去各地的城市景點……想去的地方真多啊。

走吧，走吧。一年一次遠行，不為別人，只為自己，去自己想去的地方……

4.

宋朝，歐陽脩〈和對雪憶梅花〉詩云：「唯有寒梅舊所識，異鄉每見心依然。」

依然是恆久、不變的意思，是靜態，亦是動態。我執著依然，努力前行。

詩，不一定在遠方

1.

讀攝影師的山居筆記——《把日子過成詩》，很是羨慕。一個年輕的女子，忍耐空曠與寂寞，隱居終南山，桃源比鄰，山花並肩，挑水、種菜、飲茶、賞雪、尋訪，閱讀清風明月，閱讀蟲鳴泉聲，又豐富又輕盈，又安靜又熱烈。

曾幾何時，隱居深山，遁走鄉村，把日子過成詩，成了一種時尚。社群網站上，時不時地看到這樣的報導，某某花了幾萬元，租了一間破敗的農舍，簡單地裝扮，屋外草綠青青，野花搖曳，屋內家居簡單，雅韻十足。一個樹樁，一個破舊的陶瓷，甚而農人廢棄的石臼都成了家中擺設。有婦，有夫，有一天真可愛的孩子。一家三口，栽種、蠟染、晴耕雨讀，日子過得風吹雲動。

這樣的文，總是熱門的。按讚的人無數，圍觀的人無數。

村莊、深山、遠方，以前所未有的空靈之態出現在當代人的嚮往中。

仔細想想，人們所追尋的詩意生活，不過是不被打擾的安靜，身心舒暢的自由，植物環繞的舒心，原始簡單的一瓢一飲。

詩，因為純粹，而凝練。生活，因為簡單，而詩意。

然而，過自己想要的日子，遵循內心，向著遠方出發，有幾個人能做到？

你行嗎？我行嗎？他可以嗎？

相信，大多數的人，只能搖搖頭。

結廬在人境，而無車馬喧。問君何能爾？心遠地自偏。

陶淵明的詩，一語中的。其實，詩意的生活，不僅僅因為遠方，更重要的是心態。

心懷詩意，哪怕處在鬧區，也能怡然自得。

2.

樓下的鄰居，一對夫婦。男的五十多歲，女的四十多歲，模樣普通，話語溫和。夫婦兩人自搬來的那一天起，就在門前巴掌大的空地叮叮噹噹地忙碌。空地很小，多個人，轉身也難。他們兩個卻頗有耐心，不僅築出花渠，挖出魚池，甚而搬來茶器，堆砌假山。

小小平臺，池水漣漪，蘭草芬芳。平臺外，兩扇木質鏤空的屏風，一溜月季花高高低低，一株憨頭憨腦的南瓜藤開花又長葉，一株不起眼的金銀花纏繞細細的藤。

小小空間，綠植蔥蘢，游魚優哉，自成天地。

男人常替花朵修剪，女人常坐在石凳上織毛衣，或逗小狗。

奶油樣的陽光在屏風的花紋裡斑駁閃爍，男人與女人有一句沒一句地聊著。光陰在他們的臉上鍍上祥和寧靜的色彩。

整棟樓，被他們隔絕在外；整個社區，被他們隔絕在外；甚而，整座城市，都與他們無關。他們是最和美的夫與婦，偏安一隅，自得自樂。

每次放學，我總要在屏風外隔門而望。

碩大的南瓜花，像燈盞一般，一朵朵月季花，嬌豔可愛。女主人或擺弄花草或品茗，男主人呢，逗弄一隻斑斕的小狗，其樂融融。

鄰居說，那對夫妻並無小孩。

但這並不影響他們的生活。

他們與草木為伴，有犬吠魚遊，活得詩意十足。

3.

家門口不遠，有一家茶館。

茶館倚著一排的法國梧桐，不細看，發現不了。

茶館的主人，四十幾歲的男人。他喜歡舊時器物，過時的黑白電視機、留聲機、手搖電話機以及頗有年月的木板門都從鄉間找來，讓它們在茶館的各個角落散發舊時的味道。

原木茶桌、玲瓏茶器，蔥蘢的綠植遍布角落，兼以懸壁而掛的書畫，配以裊裊古樂，輔以茶香徐徐，一朵朵的茶葉在沸騰的水中，溫馨又雅緻。

不論外面的世界如何喧囂，小小的雅室，自有安寧。與茶館主人的妹妹聊天，得知，此茶館並不賺錢。為何一直經營？

她淡淡地笑，因為喜歡。因為喜歡。多好的答案！

偶爾，我去茶館。每一次，小小雅室，都會有細微的變化。那個男人，燕雀築巢一般，以無比的耐心在自己喜歡的事情上，精雕細琢。

年歲越長，茶館越雅。

在車來車往的繁華地帶，小小茶館，安靜著自己的安靜，優雅著自己的優雅。

即便時光會老。

那主人與茶，一定不會老。因為，他有一顆歡喜的詩心。

4.

上班、下班、教學生、陪女兒，是我按部就班的生活。

枯燥嗎？厭倦嗎？

當然。即便再單調，再忙碌，我也會告訴自己：在平凡的日子裡，尋找平淡的美意。

廚房裡的番薯，忘了吃，發著短短的芽。隨手將它丟在花瓶裡，看著它卻一天天地長大了，是一件有趣的事。累了，看看番薯雪白的根鬚，密密的葉，眼睛如同觸碰清泉，沐浴生動的好。

臺灣多雨，一直下，一直下，常有的事。告訴自己不要惱，就著雨聲，攏一卷書，燈下閱讀，也是樂事一件。

萬事萬物，辯證存在，以寬容、原諒和善心對待眼前的瑣細的繁，便會看到近處的詩。

除了閱讀，也喜歡寫短文。

人問，不停地寫呀寫，累不累？為了賺稿費？

我說，哪有可能，即便真能發表，也換不來多少錢。人再問，那是為了什麼呀？

是呀，為了什麼？

我問自己。我想，為了內心的安寧吧。觸動文字的靈魂，得到內心的皈依。

一個人的朝拜，一個人的詩。詩，不一定在遠方。

缺的，只是一顆安寧、乾淨的心。

被遺忘的角落

1.

那日，男孩捧著一本書，像寶貝似地送給我，說，這是很好看的書，老師定要好好去讀一讀。

書有個別樣的名字，但作者的名字真是普通，世界上不知道有多少同名的女子。長得也普通，小眼睛，短髮，穿著素樸，走入人群，淹沒，毫不起眼。

也真的看了，卻愛不釋手，一本接一本，一口氣看個遍，把這位作家的書一本一本讀過……

綠意茫茫的草原，雲朵一樣的羊群，雪白的帳篷，無拘無束的風，還有孤獨的牧羊人……天必定是藍的，羊道必定是陡峭的，森林必定是寂寞的，萬里雪飄必定是寒冷肺腑的，以及含著香氣卻凍得硬邦邦的饢餅必定咬也咬不動的……好像元素很多，內容也很多。其時，畫面空曠清遠，綠色綿延著綠色，無涯連線著無涯。風，只有風在天空下奔跑，永不休止的模樣；藍，只有藍在天空上盤旋，耀眼得讓人流淚。只有寂寞與孤獨在茫茫的草原靜靜瘋長，只有偶爾飛過的大雁，驚動空氣的漣漪……

宛若一幅留白很多的水墨畫。斜斜幾筆，意境深遠，天邊幾縷雲，捲住遠處幾隻羊，蒼茫的綠，把大地鋪展到遠方，牧羊的少年騎著馬在風中衣襟飄飄。

宛若用壎吹出的純音樂，挾持著茫茫無際的風，挾持著滿天滿地的雪，低低的，暗暗的，幽幽的，一聲又一聲地撞擊著耳膜，心裡的回聲蕩漾成一出又一出的月光，凜意寒寒的月光灑滿草原，灑滿河流，灑滿抬頭仰望的臉。

如果僅僅只是這些，又如何讓人心動，之所以念念不忘，是為了文中鮮活的人。牧羊的女子，醉酒的男子，天真的小孩，做工藝的媽媽，做飯的外婆……

一個被遺忘的角落，偏安於世界之外，獨自、安靜、純淨；一群可愛的人們，純樸、勤勞、善良……

2.

「進山牧羊皮的老鄉總是圍著我家的爐灶生火取暖。我外婆在爐邊做早飯，他們一邊生火，一邊你一句我一句地恭維我外婆高壽、身體好、能幹活……而我外婆一直到最後都以為他們在向自己討米湯喝。更有意思的是，我外婆偶爾開口說一句，所有的人立刻一致叫好，紛紛表示贊同，哪怕她在說：『稀飯怎麼還不開？』稀飯沸開了，外婆就會進帳篷捧出一疊碗出來，為他們一人裝小半碗滾燙的米湯……」

隨意摘取文中的一小段，人物的鮮活可愛，躍然紙上。善良，純樸，熱情的人，彼此不認識，卻在見面的第一次，好比久未重逢的老友。沒有猜忌，沒有心機，敞開心扉，坦蕩蕩地信任。這樣的美好，是那裡獨有的純淨，未經汙染，如雪晶瑩。

這就是她文字動人的地方，踏實的語言，安靜的描述，樸素的表達，卻把人與人之間的純樸與信任，鑲嵌在日常小事中。

一則則的故事，一篇篇生動。

在那裡，不管是誰，只要掀開帳篷的簾，那就是客。主人必是熱情的，煮好奶茶，奉上饢餅，用家裡最好的東西一一招待。一個女孩在曠野裡亂走，不必擔心遇到壞人，因為這裡的每一個人都是和善的。出門時不需鎖門，也無法鎖，因為沒有門，但是不用擔心，沒人會拿走主人的東西，即使主人家是開雜貨店，有很多很多可拿的東西。夜晚，冬天，天寒地凍，一個陌生男人掀開雜貨店的門簾，他們會像到自家一樣，走到爐火前，添上一塊煤……

這就是它之所以動人，是從天到地的乾淨，是一草一木的純美，是人與人之間的信任。她的文字自然樸實。

有人說：天籟般的記述裡，文字嫩綠地搖曳，發出的枝條，帶著長長的觸鬚。
有人說：剔透天然之下，又能促使我們再一次思考文化的多樣性與互補性。
而我說：最動人的是人與人之間的乾淨。
天地靜美，草地上的牛羊，天上的雲朵，喝著奶茶吃著饢餅的人，真乾淨……

香草美人

這麼多年，一直有個心願，去看薰衣草，看成片的薰衣草。可惜，這一帶，少有薰衣草。

法國的普羅旺斯，以薰衣草揚名世界。一支支，一片片，傘狀生髮，頂著穗狀的花序，簌簌搖曳，起伏蔓延。

嚮往它的香，肅爽清新，濃郁宜人。

它還有一個名字——香草！這名字真是好，香草，多像一個美人。每一支薰衣草都是一個香草美人，紫色的眸，紫色的衣，紫色的髮，以及紫色的浪漫。

一直想穿一襲長裙去看薰衣草，端莊而隆重。淡淡的香，輕輕的紫，如煙似霧，大片、繁盛、綿延、潑灑。長裙拂過盛開的薰衣草，香氣婷婷，肌膚觸過盛開的薰衣草，芬芳跌宕。放眼望去，一色的紫，蜜語芬芳。

這樣的念想，如牆縫中的花，固執地開。

多年以前，看過一部連續劇，裡面有個女孩，她總穿紫色的衣服，戴紫色的紗帽，一方紫色的紗巾遮住面容。她騎著馬，佩著劍，噠噠地疾馳，如一陣紫色的風，不可追。這樣的一個女孩，是盛開的薰衣草，高貴，清冷，如夢似幻。

有一部知名連續劇。男主角帶著女主角去法國，浩瀚的花海中，女主角奔跑歡笑。那時的她經歷愛情的殤，內心許多尖銳的痛，在薰衣草撫慰之下，輕輕釋放。女主角浪漫、純潔、纖細、熱情又詩意，這樣的她也是盛開的薰衣草。

那年，去旅遊途中，偶爾遇見一片紫色的小花。其時，天已黯淡，風已啟程，一片片烏雲，將落未落。可是，顧不得，我心裡認定，它們就是我念念不忘的薰衣草，拉著朋友，不管不顧地奔向那廣袤的花海。

一片片紫色的花，矮矮的，凌亂的，寒風中，瑟瑟發抖。我卻是激動的，簡直就是忘形。匍匐在花海中，宛若頑童。

我認定它們就是我心心念念的薰衣草，固執地要拍照。朋友笑了，說，你怎麼一見到花，就傻了。這樣的紫花，哪裡沒有？是啊，哪裡沒有？它們當然不是薰衣草，只是我的一廂情願罷了。就好比，一直思念一個人，哪怕只看到相似的背影也會發楞發傻。一些念想奔騰不息，揭開、氾濫、成災。

凜冽的地方，天空低垂，暮色四合。我與一地紫色的花，對視、流連忘返。

都市多花，卻少有薰衣草。

那日，網站上，看到「薰衣草」的圖片。還是忍不住，約了同伴，頂著烈日，興高采烈地去看花。

路有點遠，七彎八拐，車子開過頭又倒回來，尋尋覓覓，終於找到了。

半山腰，大片的紫，繚繞蒸騰，層層疊疊，彷佛一團紫色的雲在梯田中彌漫。足夠多，足夠美。我們忘卻炙熱的太陽，歡呼跳躍，再遠的路，也值得。

正是「薰衣草」的鼎盛時期，它們茁壯、澎湃、洶湧，密匝、細碎，端出最清麗的模樣。

一朵依一朵，一簇接一簇，一片帶一片。滿目的紫，滿田的花，像漲潮的春溪一般，嘩啦啦地滿溢而來。眼睛裝不下，懷抱裝不下，腳步亦無法丈量，想讚美，不知用什麼樣的詞來形容。在這樣的盛大面前，任何言語都是貧乏的。

沿著田埂，慢慢地行走。上面，下面，前面，後面，是花，是花，還是花。置身紫色的海洋，眼睛長出紫色的蝶，紫色的星，紫色的光，一時之間，耳朵清明，恍然聽到花朵有力的心跳從泥土深處聲聲傳來。

喜歡這樣的親近，似曾相識。眼睛所攫取的，抵達到心裡，有喜悅、甜蜜、芬芳在胸膛歡樂奔跑。

有什麼好憂愁的呢？看看這每一朵盛開的花，看看這層層疊疊的紫，身心輕盈。

有人說，這不是薰衣草，是馬鞭草。

其實，都曉得。對植物那麼喜歡，怎會不知馬鞭草與薰衣草的區別？

馬鞭草又如何？它亦是美麗的，它和薰衣草一樣，純真潔淨。在古歐洲，馬鞭草被視為神聖之草，能驅除汙穢。薰衣草的花語：等待愛情。

馬鞭草的花語：期待愛情。

多麼奇妙，如同雙胞胎姐妹。心懷美好，永遠在路上。

在我敲下這篇文字的時候，同事王老師傳給我薰衣草的美景。她是多麼懂得，懂得我的歡喜，我的思念。

七月的薰衣草盛裝而來！那麼多，那麼多的薰衣草，在藍天下如同奔騰的河，美得讓人窒息。

總有一天，我會去看真正的薰衣草，漫坡，漫坡，如絲如綢，如煙如霧，賞也賞不盡，看也看不完。

煙火愛情

窗外，絡繹不絕的爆破聲，一聲一聲在天空炸響。先是一條長長細細的聲線蜿蜒而上，到了半空中，猛的一聲巨響，砰然爆裂，拼了命地轟轟烈烈，不管不顧地玉石俱焚。密集的響亮劃破了暗夜的沉寂，有什麼在大張旗鼓地宣誓。是什麼呢？哦，應該是有人結婚了。

市區很小。結婚的年輕人總愛大肆地用煙花慶賀。於是，一旦到了喜慶的日子，市區的各個角落便燃起煙花，好比春天的鮮花一嘟嚕一嘟嚕，冒個不停；又如噴湧的珍珠泉，一串一串地拱出，前仆後繼，爭先恐後。東邊的才剛上去，西邊的卻已炸開。此起彼伏，甚是熱鬧。

家裡的窗櫺塗滿喜氣的色澤，鑲嵌在窗戶的煙花，成了奪目的明媚。層層疊疊，風華絕代。吞噬你的眼，侵略你的神。不能挪移，不能言語，唯有呆呆地，呆呆地注視，恨不能用眼睛容納這傾城之色，讓心遊走雲端，跟著煙花一起絢爛。

看著煙花總會想起愛情。

愛到深處便是濃烈的煙花絢爛。你中有我，我中有你，巴不得分分秒秒在一起。總是思念，一日不見便失了魂，丟了魄；又似行屍走肉，渾渾噩噩，不知此時此刻是何年何月。

好不容易在一起了，便是滿世界煙花絢麗。

他覺得她溫柔可愛，是世上最好的唯一。她覺得他睿智聰明，是萬中選一的人選。相看兩相喜，濃情蜜意在眉梢，在笑顏，在髮端。一舉一動都生動，一言一語都溫柔。才一個瞬間，便如灑了陽光的鮮花，裊裊婷婷，欲語含羞，美麗不可方物。

世間所有的甜言蜜語在這一刻都那麼自然與適合。

他說：即使是一片落葉掉在你的髮間我都要心疼半天。

她亦會說：你是刻在我心壁裡的痕，哪怕只是微微地皺一皺眉都要牽扯我的心。

她是他手心裡的寶，他是她心口的硃砂痣。誰也無法離開誰，彷彿相互之間有看不見的磁場，即使隔開也能找到引力的源頭。這樣的情景，蜜裡調油，莫如天上剛綻放的煙花，亮得讓人嫉妒，美得讓人慌神。

只是，煙花終究要凋落的。美到極致的東西都隱藏著一場驚心動魄的毀滅。一如愛情，甜到蜜裡，愛到骨髓裡，便是痛，便是疼，便是毀滅。

有人問：煙花燃燒時是在痛苦地呻吟，還是含笑地流淚？

問這話的大概是中過愛情的毒。總有被愛情傷著的時候。那樣的感覺如正被剝鱗片的魚，一層一層地刮，一片一片地撕，扯著心，連著肺，全身都痛，卻說不出到底哪裡不好。又如把那個叫「心」的東西架起來放在烈焰上炙烤，嘶嘶，滋滋，刻骨蝕心。很容易想到絞刑，鑽入套圈的繩子裡，一絲一絲地拉緊，勒出一道道緊緻的痕，抽絲剝繭，恨不能讓窒息早早到來，讓昏厥帶走一切。

煙花在燃燒。劈里啪啦的火苗描繪成美麗的形狀，像散落的珍珠，像逶迤的流星。極致的美，極致的痛，極致的毀滅。滿目蒼涼。那麼涼，那麼涼。

它在墜落。珠光漸漸消亡，炸飛的碎屑紛紛揚揚。誰會認得它？誰會垂憐它？細細碎碎，散落無跡。那麼破敗，那麼殘損。

卑微地隨風低旋。唯有，悲涼的情緒在片段裡止不住地迴環追憶。愛過，痛過。很多時候，愛情也死了。一如湮滅的煙花，融入黑暗的羽翼，不思不語，不聲不響，追隨夜風，成為無痕。

煙花那麼涼薄，那麼短暫。它卻還在兀自笑顏，蓬蓬簇簇，像灑落的珍珠，像綻放的鮮花。這邊還未燃盡，那邊卻已盛開，一朵比一朵絢麗，一次比一次炙熱，花瓣如雨，紛紛墜落。天空如翻倒的五彩盤，華光異彩，嬌媚滿天。

是的，今天有人要結婚。新婚的人必定覺得煙花是浪漫與熾烈的。愛情生生滅滅，永不停歇，煙花明明滅滅，綻放不止。

笑比煙花絢麗的是一對對挽臂的新人。

可，再過十年，再過二十年，他們還依然笑顏如花嗎？

誰知道？任何人都不知道，煙花也不知道。它還在上升，落下。

或許，拼上性命轟轟烈烈愛一場，也好過平平淡淡過完一生。

如若這樣，所有的烈焰都只為生命的豐盈，所有刀尖上的疼痛都只為蛻變的成熟。

生活小事，且記且思

1.

樓下有一條街，來來去去，我都會經過。這條街橫豎兩條，兩個方向，兩種景象。豎著的街，明顯冷清；橫著的街，總是很熱鬧。

搬來一年多光景，並無真正去看看這條街。

那日，飯後，帶著女兒去散步。喜歡安靜的我選擇走豎著的街。一路的青色石頭，一路的安靜悠然，一路的水渠清清，一路的乾淨古樸。

街上的人三三兩兩，剛好。街上的景安安靜靜，剛好。

看看兩旁的古屋，聽聽水渠的聲音，心很安寧。

轉角的時候，居然遇見歌聲。一個自彈自唱的街頭藝人，聲音似一名男歌手。那歌聲飄過街角，飄過屋頂，飄過水渠，飄過我心裡。我看到黃昏沉浸在音樂裡的樣子，安靜柔軟。

感慨，油然而起。近在咫尺的美好，為何一年多才遇見？人啊人，總是被忙碌的枷鎖套住。每天被一些所謂的正事包覆得嚴實，勒得筋疲力盡。如果懂得自己解套，適時放鬆那些捆綁，每天都應該如這條街道一樣美麗。

2.

騎著車子走了長長的一段路，終於找到一家修改衣服的店。小小的店鋪，凌亂不起眼。修改衣服的老闆娘是個中年女子。因為我的到來，吵醒了她的午覺，一臉的不耐煩。走的時候，我習慣性地說了聲：「您辛苦了。」頓時，她笑了，和藹祥和。

原來人與人之間，只需一句溫暖的話語。去拿衣服卻是第二天的下午。

店裡很熱鬧，四五個老太太。

老闆娘問：「你買這麼多衣服是因為結婚？」

「啊？不是，學校裡表演用。」我誠惶誠恐。「你是老師！」

周圍的老太太也一驚一乍。

……

她們將我圍攏，從頭到腳，從腳到頭。掃描，打量，打量，掃描。不算明亮的眼睛裡因為羨慕與嚮往滿是光芒。

「你是怎麼找到我這裡的？」老闆娘開始面露自豪。她為一個老師修改了衣服。

猛然羞愧，為自己突然的待遇。在這裡，老師的待遇不算高，並無特別光榮。一直以來，把自己放在很低、很低的位置，今天卻被一群老太太羨慕。

拿起衣服匆匆奪門而出。一路上，卻微笑著。

原來，幸福是對比出來的。當你在羨慕別人的時候，也有人羨慕著你。不能老是仰著脖子往高處看，偶爾低頭往下望一望，你會發現，已經擁有的，都是彌足珍貴的。

3.

每晚陪女兒練琴，枯燥冗長，考驗耐心。我變著花樣，讓她彈得開心一點。

「那天，有個五歲的小女孩也學習古箏，結果老是彈不好，她媽媽讓她從六點練到十點，還不停地訓斥。」我對女兒說。

我的本意是想藉這個故事中的主角來突顯自己的耐心，好讓女兒知道她有個多麼好的媽媽。

沒想到，她頭也不抬，說：「練不好是因為還太小。」「太小？」我問。

「是的啊，才五歲，還那麼小，彈不好很正常啊。」她說。「我比那個媽媽好吧？」我一臉「媚笑」，一副巴結的樣子。

「那個媽媽肯定是瘋了。」丫頭又冷靜地丟擲一句話。「瘋了？」我驚奇地問。

「是啊，不是瘋子怎麼會不停地罵自己的孩子，還那麼晚不讓孩子睡覺，肯定是瘋了。」女兒說完還點了點頭。

……

童言稚語，醍醐灌頂。想到國王的新衣，那個唯一說真話的孩子。看身邊多少望子成龍的父母，把沉重的期望捆綁在孩子身上，美其名曰「愛」。

結果「愛」變成了利劍，傷了自己，傷了孩子。

女兒說：「彈不好是因為還太小。媽媽如果還責怪，那肯定是瘋了。」

……

若有所思，若有所思。我的女兒也還小。

我不要做一個瘋媽媽。

思念

居然已經十一點多了。燦燦，你在的時候，我都是九點和你一起入睡。

你看，你離開我才幾天而已，我的作息就亂了。

十一點多了。燦燦。你的硯臺睡了，你的毛筆睡了，你的古箏睡了。那麼，燦燦你呢？你一定也睡了吧。你睡在某個鄉村夏夜的溫柔裡。夢中有什麼呢？是窗外雀躍不歇的蛙鳴，是樹間此起彼伏的蟋蟀聲？我想，你在夢中肯定很忙碌。是啊，你的舅舅帶你去游泳了，你的外婆帶你去河邊散步了，你的奶奶帶你去超市買東西了。燦燦啊，燦燦，那麼多親人的愛圍著你，繞著你，你有沒有時間想起我呢？我有時間想你了，燦燦。大把的時間在想你，看到毛氈想起你，看到宣紙想起你，甚至今天手劃過古箏琴弦那一串串的「叮叮咚咚」也說想你了。

你看，我是不是很沒用。我以為你不在的時候，我就是放假了。我可以盡情看書，可以盡情寫文章。可是，我看著看著就會看到你用過的本子橫在我的視線裡。我寫著寫著就會看到你撕開的小餅乾袋躺在我的電腦旁。於是，我翻開本子，一字一句，一字一句都是你稚拙的語言。於是，我拿出小餅乾，一塊一塊，一塊一塊都是你的笑臉。

燦燦，我們的房子很小很小。可是，少了你。我覺得一下子變得很大很大。我從這個房間踱步到那個房間，我再從那個房間踱步到這個房間。寂寞的足音無法丈量我想你的邊沿，它把小小的房子撐到很大很大，像一個吹爆要破裂的氣球。我拽著氣球的線，懸浮在空中，我聽到你的書包在說好寂寞啊，我聽到你的鉛筆在說好寂寞啊，我還聽到你的鞋子、襪子、褲子都跟著我漂浮起來了，大家一起憂傷地說：「好寂寞啊！」

燦燦，如果你看到這裡你肯定會笑，歪著你的小腦袋說：「啊？啊？襪子，褲子怎麼會說話呢？」

「是啊，是啊，怎麼會說話呢？只是我在說而已呢。」

「媽媽又騙人了。」你會這麼說。「騙的就是你！」我會這麼答，然後抱起你，撓你的腋下，直到你笑得喘不過氣來為止。

咯咯咯，哈哈哈，彷彿你的笑聲還在呢。那笑啊，是明亮的太陽，一地流淌，灑到太陽花裡，花開了；溜到在銅錢草裡，草綠了；跑到我們天天一起看的螃蟹蘭裡，螃蟹蘭長高了。花朵們此刻豎起耳朵，靜靜的，靜靜的。噓，原來它們把你的笑聲吸收吐納。是啊，你的笑是陽光有養分，這些花，草都是你的快樂滋養出來的呢。

而燦燦，你今天在鄉下又玩了什麼呢？鄉下大片的稻秧，碧綠地鋪排在門前，各色各樣的瓜果，拼了命地爬滿高高的牆，活潑雀躍的小雞、小鴨和小狗自由自在地踱步。

有沒有在南瓜花裡抓螢火蟲？有沒有在稻田裡看青蛙？但我知道，你一定又把太婆捨不得吃的骨頭偷偷拿給小黑狗了，我知道你一定蹲在屋後的箱子裡把青菜送給小白兔了，我還知道你一定趴在池子旁邊對鯉魚們自言自語了。

原來你這麼忙，這麼忙。難怪都沒打電話給媽媽了。你和親愛的外婆在一起，幸福得一塌糊塗，怎麼有空想起我呢。

那年，你三歲。你當著全家的面宣布你最愛的人是外婆。當你用那甜甜的嗓音說出這句誓言般莊重的許諾時，你的外婆，樂得合不攏嘴，把你抱在懷裡親個不停。

那麼，我呢？我在你的心裡是什麼呢？燦燦。我想很多時候成了一種命令吧。

我總是不停地喊著：燦燦，寫作業。燦燦，跳繩。燦燦，練字，燦燦，彈琴……

你看，你看，你的媽媽扮演著一個多麼令人厭惡的角色啊。難怪，你接到我的電話，不激動，不熱烈，你只是淡淡的，淡淡的，沒說幾個字就掛了。

電話裡「嘟嘟嘟」的聲音，在今晚空蕩蕩的家裡碰壁回音。

黑夜放大，放大。我看到往日裡，我對你說的話漸漸融化，融化。燦燦，吃飯。燦燦，看書。燦燦，睡覺。

是的，燦燦，睡覺。

睡吧，睡吧。我的寶貝安安靜靜入睡……

一首曲子在電腦裡循環回放，纏纏綿綿，纏纏綿綿，一聲一聲拉出的都是思念的線。

我看到我的思念變成飛翔的蝶，呼啦，呼啦，一隻一隻飛到你夢中……

美若黎明，不似人間

在這裡待久了，嚮往高原的風情。迷迷濛濛的水鄉氤氳，能把人的惰性揮發。忘了最初有一種情懷，鮮車怒馬。

無數次去過高原，在夢中，在畫裡，在文字的臨摹中。

想像昂昂站立，從風的這一頭，到風的那一頭。是一匹出廄的野馬，奔騰嘶鳴。萬里的寬廣，莽蒼的凜冽，安靜的遼遠。

想像著風從這一頭的腳下，呼的一下，奔向那一頭。無拘無束，無遮無攔，那樣的姿勢，無比自由，無比飛翔。想像著目光能從這一邊的草地，「譁」地一下，滑過那一頭的天。能和天邊的雲彩接個甜蜜的吻。那樣的肆意，無比直接，無比赤裸。

心的意念，是翅膀，馱著想像飛。

終於，還是成行了。高原，天藍，雲白。

八月的高原冷風颯颯。我認定，我前世屬於這裡，今朝認領前生踏下的足跡。

遠遠地見到湖。藍，無比的藍。是誰的投影，給予藍，如此深厚的內容？風過，一湖的藍，泛起微波。藍色的眼睛在眨動，像一塊巨大的玉，臥在湖中，閃閃發光。等著，等著一雙走失的眼睛，來認領前世的從屬。

風，凌亂地吹，髮絲捲著絲巾狂亂地飛，如此刻的心跳，急促、劇烈、不安。只一眼，遠遠的一眼，相同的頻率，在湖的那邊，在湖的這邊，毫無預兆地合拍律動。

不敢靠近。那湖，是當地人心中的聖湖？那樣的靠近，怕想像走失了本真？怕神聖的藍，無法承擔我僕僕風塵的疲憊？

遠遠地，遠遠地，安靜地望著，望著。

這湖，如同天空的一滴淚。純淨，純美，驚為天人。高原之上，藍天之下，不哭，不悲，不慟。卻比哭，比悲，比慟，更直抵人心。如同刀，如同斧，如同石，一下，一下，砸開聲聲叩問。是你嗎？真的是你嗎？這雙眼睛疑問一朵朵，那邊湖水氾濫一簇簇。

是初見，卻，又不是初見。初見在夢中，在想像中。湖水的每一道蕩漾，每一條起伏，每一片皺褶，都拂過我想像的細枝末節。每一處，完美契合。

想像匍匐，真實站立。

眼睛，飽蘸思念的水，以深情，以喜悅，以纏綿，掠過湖，掠過風。湖心的祕密在我的眼睛，湛藍新鮮。

凜冽的冷，貫穿肺腑。是風，風把湖水迎面吹來。風中有淡淡的鹹。湖的味？淚的味？無法說清，不想說清。情緒是一道曲折的線，躺在湖的懷抱，緩緩起伏。

陽光劈開雲層，灑下金光一道。遠處，天海相接的藍，閃著鬼魅的眼，如同揉碎的萬千星辰的光芒。白的、亮的、冷的、藍的，閃爍、明暗。是久別重逢的訴說，說著湖的鹹，說著風的輕，說著天的藍，雲的白……

凌晨，得以親近湖。

據說，湖的日出，美輪美奐。

凌晨的湖面，漆黑一片。卻有風在盤踞，如同一隻巨大的黑鳥，展開碩大的翅膀，在湖的上方，盤桓徘徊。風挾持著水，掀起湖面的冷，如箭，毫不留情地貫穿。纏繞所有的衣服，包裹所有的圍巾，依然無法抵擋，清冽的寒，是湖水給予的見面禮，刻骨銘心。

湖水滔滔洶湧，彷彿湧動的心傷，是詩人的魂在呼喊？那湖，如淚，有鹹鹹的味，可是因為詩人的殤，盤桓不散？

誰的一聲喊叫，驚醒我的冥想。

天邊暗黑的雲，被一道霞光，撕開一道口。如同紅紅的傷疤，乍洩的光，奔跑著跳到湖面。

暗藍的巨大之上，星星跳著舞。那些光，金色、黃色、紅色、霓色。一點點，如同撕碎，美到憂傷。

風狂亂地吹過我的髮，狂亂地吹飛我的絲巾。湖水掀起波濤滾滾，彷彿把霞光揉進懷中。那樣劇烈，那樣疼痛，如同這首詩歌：

七月不遠
性別的誕生不遠
愛情不遠——馬鼻子下
湖泊含鹽
因此青海湖不遠
湖畔一捆捆蜂箱
使得我悽悽迷人
青草開滿鮮花
青海湖上
我的孤獨如天堂
……

陽光下。湖畔，油菜花黃。

你見過油菜花，一定的。但你見過那麼多的油菜花嗎？在八月的天空之下，磅礴怒放，如同戰爭，如同儀式，如同誓言。

是生命的質問，一朵一朵的咆哮直指藍天。油菜花，肆意綻放，一朵一朵，一片一片，一團一團。豔，睜不開眼。亮，撲面而來。美，無法呼吸。一地金色，隨意流淌。湖邊，藍的藍，黃的黃，各自凜然，又互相融合。如同攤開的詩歌，每一句，每一節，蕩氣迴腸，回味無窮。

每一朵花，需要孕育多久，才能抵達那樣的黃？每一寸湖，需要經歷什麼，才能擁有這樣的藍。黃的花，藍的湖，相依相偎，以及，天邊漫溢而來的白雲朵朵。這是畫，美到無法言說的一幅畫。不能出聲，不能表達。眼睛的畫素亦無法採擷，只能用靈魂觸碰，觸碰每一道色彩，又鮮豔，又熾烈，又寧靜，又寂寞。如此奇異，如此矛盾，卻又如此和諧。這是色彩的極致，這樣的美，屬於天外，不似人間。安靜，發呆。把自己丟失在黃的黃，藍的藍，白的白中間。

這座湖，一滴來自天空的眼淚，閃爍著屬於八月的表達。

西溪，且留下

因為電影《非誠勿擾》，知道西溪這條溪。

影片中最浪漫的鏡頭便是舒淇和男主角划船夜遊的片段。水聲嘩嘩，蘆葦叢叢。夜，閃著寧靜的眼悄然注視。相愛的人置身於悠然的小船之上，槳聲水影中，心在交流，手在相握……那一刻的相依相靠，喚起了女性所有的浪漫遐思。

一部影片下來，這個鏡頭植入無數觀眾的心中。

當我終於坐上小舟蕩漾於這條溪上時。水，便以它的溫柔包圍了周圍的景。這裡的水不清透，甚至有點渾濁。暗綠中摻著黃，厚重而滯緩。導遊說，水是這溪的靈魂，這裡水道縱橫，只因水位較淺，小船較多，船槳觸動水底的淤泥，所有總是不清澈。

映著水的，便是岸邊的野生植物。船在水面溫柔地扯出一抹逶迤的細浪，岸上的風便在細浪美麗的波紋裡娓娓而來。一棵棵不知名的小樹，慎重地開滿白花。花色並不豔，花形也不嬌。但，一樹花開，卻締造了一種隆重的美。綠葉白花熱情地撞入遊客的眼。有的枝杈觸著水面側影而照，水光花色兩相和，有的伸著長枝直指藍天，沐浴著陽光，朵朵明媚。有的一綹綹地垂下，鋪展著如瀑的長條，不禁讓人想起千朵萬朵壓枝低的熱鬧。

岸上的野果，似草叢裡的星星，總是贏得小孩驚喜的呼聲。紅紅的野草莓，鮮豔欲滴，濃濃的汁液彷彿隨時破皮而出。紫黑的桑葚，綴滿枝頭，顆粒飽滿，又紫又紅，誘惑著人伸手去摘。不知不覺，竟真的觸手而去，不禁啞然失笑，隔著水，還遙遠著呢。

岸上，最常見的莫過於蘆葦。叢叢的蘆葦隨處可見，像劍一樣的葦葉，片片伸張，交錯而落。一棵棵，一簇簇，一片片，深深淺淺的綠，層層疊疊，密密麻麻，摩肩接踵。風過，倏地一下，猶如電流擊過，葦葉起伏不停，漾起綠波層層，晃動細浪嘩嘩。不禁遐想，滿湖白花飛溢，漫天雪花起舞，那該是何等的美妙。

上了岸。便直奔電影的拍攝地。一棵猶如五指伸張的老樟樹，矗立在岸邊。不遠處，一舟杳然停泊，便是影片中男女主角夜遊的小舟了。白花花的陽光下，小舟極其普通。藍底的印花染布罩著船的蓬，罩著船凳，罩著船桌。細長的形，微翹的兩端，一支櫓，靜靜地橫臥船頭。

登塔遠望，整個溼地的景觀一覽無遺。古味意蘊的小屋，錯落層疊，高低延伸，坐擁不小的規模。碧綠的水圍繞著白牆青瓦的房，掩映著濃濃疊疊的樹。偶爾，小巧別緻的亭點綴其間，黃紅繽紛的花灑在其中，更兼那彎彎小橋，荷塘柳蔭，浮萍朵朵……一幅活色生香的江南水鄉裊裊鋪展。

順著導遊的指引，過了橋，走入濃蔭綠樹之間，匍匐在水邊的植物吐著紅豔的花，如燃燒的火焰一般。過小徑，踏梅林。青青世界赫然出現。到處都是綠，綠的草，綠的樹，綠的水，好似一幅寧靜的山水畫，宛然呈現。

天然，野意，淡泊，清遠，在繁茂的青青世界裡吐納呼吸，藍天為頂，野花為屏，葦葉為傘。聽蛙鳴魚歡，看青梅桃李。不覺間，心胸瞭然開闊。這天然的氧氣似淨化器，俗世的煩惱經它過濾，漸行漸遠……

據說宋朝皇帝趙構曾說：「這溪，且留下！」留下了對這條溪的美好印象，留下了再遊的暢想，留下了在此建造行宮的願景。

這溪，且留下！我也在心裡默默地念叨。等到蒹葭蒼蒼，雪舞白花之際，再遊，再賞……

電子書購買

爽讀 APP

國家圖書館出版品預行編目資料

歲月贈禮——看細碎時光開出溫柔的花：詩，不一定在遠方——在尋常裡，邂逅不期而遇的浪漫 / 依然月牙 著 . -- 第一版 . -- 臺北市：複刻文化事業有限公司 , 2024.12

面；　公分

POD 版

ISBN 978-626-7620-26-7(平裝)

855　　　113018793

歲月贈禮——看細碎時光開出溫柔的花：詩，不一定在遠方——在尋常裡，邂逅不期而遇的浪漫

臉書

作　　者：依然月牙

責任編輯：高惠娟

發 行 人：黃振庭

出 版 者：複刻文化事業有限公司

發 行 者：崧燁文化事業有限公司

E-mail：sonbookservice@gmail.com

粉 絲 頁：https://www.facebook.com/sonbookss/

網　　址：https://sonbook.net/

地　　址：台北市中正區重慶南路一段 61 號 8 樓

8F., No.61, Sec. 1, Chongqing S. Rd., Zhongzheng Dist., Taipei City 100, Taiwan

電　　話：(02) 2370-3310　　　**傳　　真**：(02) 2388-1990

印　　刷：京峯數位服務有限公司

律師顧問：廣華律師事務所 張珮琦律師

定　　價： 375 元

發行日期： 2024 年 12 月第一版

◎本書以 POD 印製

Design Assets from Freepik.com